ROGUE GENTLEMAN - SEAN

VERSIONE ITALIANA

KYLIE GILMORE

Traduzione di
MIRELLA BANFI

1

Sean

Sono un uomo orgoglioso e anche ambizioso ed è il motivo per cui mi sono ficcato in questo pasticcio. Oltre al mio lavoro quotidiano, adesso ho un lasso di tempo brevissimo per finire di restaurare la vecchia casa di arenaria di Brooklyn dove vivevo con la mia ex. Adesso ci vivo e ci lavoro solo io.

Salgo gli scalini e tolgo la chiave dalla tasca. Oddio, sono stanco. È mezzanotte e sto soffrendo per il jet-lag dopo il lungo volo di ritorno da Villroy, dove si è sposato il maggiore dei miei fratelli, Dylan. Devo solo finire di ristrutturare questo posto e le cose miglioreranno.

Metto piede nel soggiorno vuoto, lasciando la valigia accanto alla porta e accendo la torcia sul mio telefono. A questo livello, l'illuminazione centrale non è ancora collegata. *Cre-e-ek.* Mi blocco, di colpo all'erta. Si è aperta una porta *all'interno* della casa.

Ascolto attentamente. Qualcuno si sta muovendo di sotto. Rimetto in tasca il telefono e scendo silenziosamente proprio mentre qualcuno si lascia cadere sul divano in salotto. Qualcuno si sta mettendo comodo sul mio divano? Che diavolo!

Accendo le luci.

«Ah!» squittisce una voce femminile. La donna si siede di colpo.

Vado da lei. «Chi sei?»

È giovane, poco più che ventenne, ha i capelli rossi raccolti in cima alla testa in uno chignon disordinato e indossa un top bianco con la faccia dell'orso Smokey. Si affretta ad alzarsi dal divano, afferra il suo telefono e si allontana un po'. I pantaloncini rossi del pigiama hanno piccole facce d'orso. Decisamente quel pigiama non è un abbigliamento da rapinatori. È carina ma è un'intrusa e tutt'altro che benvenuta.

«Chi sei tu?» mi chiede alzando il telefono con un dito pronto a premere. «Ho il 911 in chiamata rapida!»

Reprimo un gemito. «Io vivo qui. Tu chi sei e che cosa ci fai qui?»

Lei abbassa il telefono. «Sei il costruttore? No, dimentica che l'ho detto.» Alza di nuovo il telefono puntando minacciosamente il dito. «Adesso confermerai che è quello che sei, mentre probabilmente sei qui per derubare questo posto.»

Mi ficco una mano tra i capelli. Sono troppo stanco per queste stronzate. «Non c'è niente da rubare qui a meno che tu voglia portar via del materiale da costruzioni e venderlo sul mercato nero. Sono Sean Rourke e sto ristrutturando la casa di Winnie Abbott. Ora, chi diavolo sei tu?»

Lei abbassa il telefono brontolando tra sé e sé. Riesco solo a cogliere "vecchio grosso brontolone".

Mi avvicino e i suoi occhi azzurri si spalancano. Mi fermo. Non sto cercando di spaventarla. Ho solo bisogno di sapere chi è e che cosa ci fa qui. Poi mi rendo conto di aver bisogno di una sola cosa. «Te ne devi andare.»

«Sono Josie Abbott, la cugina di Winnie.» Quando resto in silenzio aggiunge: «La tua nuova coinquilina. Winnie ha detto che potevo sistemarmi qui».

Sbatto le palpebre. «Coinquilina?»

Lei mi rivolge un sorriso incerto. «Sì. Winnie mi ha detto che vivevi qui durante la ristrutturazione. Sono rimasta sorpresa solo perché sei diverso da come pensavo che fossi, basandomi sulla sua, uhm, descrizione.»

Il mio cervello va in stallo e poi rivede come un film tutto ciò che c'è di sbagliato in questa situazione...

Ho sei settimane per finire il restauro.

La prossima settimana è critica. Ho preso le ferie per poter fare dei progressi qui.

Questa ospite indesiderata sarà un grosso inconveniente.

«Buonanotte, coinquilino» dice infilandosi sotto una coperta di pile rosa pallido sul *mio* divano. È praticamente l'unico mobile in questo posto, ed è mio. L'ho costruito io con le mie mani.

Perché Winnie non mi ha detto che sua cugina si stava trasferendo qui?

Giro sui tacchi, arrabbiato ma troppo stanco per occuparmene adesso. Spengo rabbiosamente la luce mentre salgo al piano di sopra, vado verso il mio materasso gonfiabile, mi spoglio fino a restare con i boxer e crollo sul letto.

Mi sveglio con il sole che penetra attraverso il grosso telo che ho appeso come tenda provvisoria. Con gli occhi stanchi, scendo verso l'unico bagno funzionante in casa e mi fermo di colpo. Merda, l'avevo dimenticata. Josie. La mia indesiderata ospite. Ovviamente sta monopolizzando il bagno, lavandosi i denti con la porta spalancata.

È piegata sul lavandino, coi suoi pantaloncini del pigiama aderenti e le faccine di orso su tutto il suo bel sederino. Diavolo. Adesso devo fare pipì *e* mi sto eccitando. Brutta combinazione. Sposto lo sguardo sulle gambe toniche e i piedi nudi, ancora eccitato.

Fisso il soffitto pensando a qualcosa che raffreddi i miei bollenti spiriti. Qualunque donna con pantaloncini corti aderenti sarebbe attraente. Ultimamente, non ho avuto tempo per socializzare, avendo due lavori. Il vero problema qui è che c'è pochissimo spazio abitabile, è un cantiere, e ora devo dividerlo con lei. Non posso nemmeno buttarla fuori perché la casa è di Winnie.

Guardo i capelli rossi, raccolti in una coda di cavallo, la linea delicata del collo e la parte superiore del pigiama bordato di rosso, con le maniche lunghe. *Smettila di guardare.*

«Potresti sbrigarti?» borbotto.

Lei si volta a guardarmi, abbassando lo sguardo sul mio torace nudo e i boxer di maglia prima di guardarmi negli occhi. Apparentemente incurante del mio brontolare, della mia erezione mattutina o della mancanza di vestiti, alza un dito indicandomi di aspettare e poi lo punta verso lo spazzolino da denti.

Digrigno i denti. Penso se sia il caso di andare al piano di sopra e infilarmi una maglietta e dei jeans, ma chi è l'intrusa qui? Ho preoccupazioni più urgenti, tipo fare pipì e tornare a lavorare. Sapete, è proprio tipico di Winnie dimenticarsi di dirmi che sua cugina si sarebbe installata qui. Non è mai stata un tipo pratico, è una sognatrice, ha sempre la testa nelle nuvole. Pensavo che fosse una compagna ideale, che ci completassimo. Io sono il tipo con i piedi per terra, responsabile, lei la sognatrice, il tipo domestico. Poi lei ha sognato un modo diverso di vivere con un tizio di Wall Street. È lui che le sta facendo pressioni perché venda questo posto in fretta e furia, motivo per cui ho una scadenza troppo ravvicinata per il completamento della ristrutturazione. Quando mi aveva piantato per andare a vivere con lui, aveva giurato di non avermi tradito. Che era solo un affare di cuore, non di corpo. Comunque mi è passata.

Josie finisce di lavarsi i denti e si raddrizza. I nostri occhi si incrociano nello specchio dell'armadietto dei medicinali. I suoi occhi azzurri scintillano come se avesse qualcosa di divertente che vuole condividere con me. Io so solo che significa problemi in arrivo.

Si volta verso di me con un grande sorriso che assomiglia a mille raggi di sole che brillano in una giornata nuvolosa. «Salve!» Alza la mano agitandola. «Ieri sera è stato un po' strano. Cominciamo da capo.» Mi offre la mano. «Sono Josie Abbott. Lieta di conoscerti.» Quando non parlo, aggiunge: «La cugina di Winnie». Come se avessi potuto dimenticarlo. Hanno lo stesso cognome.

«Perché non ti sei fatta ospitare a casa di Winnie in città?»

Lei arriccia il naso. «È un appartamento con una sola camera e non volevo essere un'intrusa nel loro nido d'amore.»

Nido d'amore? Mi viene da vomitare. Lo tengo per me perché ciò che mi interessa è che non interferisca col mio lavoro.

Lei mi guarda in attesa, come se potessi avere altre domande. Mi accorgo che non assomiglia per niente a Winnie e questo potrebbe veramente significare che Josie è un'intrusa. Una truffatrice. In quel caso avrei tutti i diritti di buttarla fuori.

«Non assomigli a Winnie.» La mia ex è bionda con le guance più tonde e un naso all'insù. Josie ha il naso diritto e i suoi zigomi sono alti e prominenti. Le mie speranze di poterla sfrattare salgono. «Devo vedere un documento di identità.»

Lei sbuffa e toglie l'elastico dalla coda. I capelli rossi le ricadono sulle spalle, in un disordine che mi fa seccare la bocca. «Sono bionda come Winnie, ma tingo i capelli di rosso per risaltare in mezzo alla mandria. Estremamente importante nella mia professione.»

«Che è?»

«Sono un'attrice»

È una di quei tipi troppo belli alla televisione o forse nei film. Però non la riconosco.

Lei mi schiocca le dita davanti alla faccia. «Ci sei ancora?» Mi guarda l'inguine, arrossendo. «Vuoi un asciugamano o qualcosa?»

«Sto bene così.» *Lasciamo che guardi.* E lei guarda, con gli occhi che salgono lentamente sul torace, attardandosi sul petto fino a fermarsi sulle spalle e i bicipiti. Mi tengo in forma e non sono per nulla modesto al riguardo.

Le schiocco le dita in faccia. «Ci sei ancora?»

Lei mi guarda in faccia, tranquilla, la voce calma e controllata. «Forse dovremmo fissare degli orari per l'uso del bagno.»

«Forse dovresti mostrarmi la tua carta di identità.»

«Non ho finito di prepararmi. Te la mostrerò dopo. Caspita!» Alza un dito. «Okay, ecco una cosa che potrebbe sapere solo una cugina di Winnie: quando ha un incubo, i suoi occhi si aprono e dice cose senza senso anche se sta ancora dormendo. Era divertente e inquietante allo stesso tempo dormire da lei.»

Maledizione. È la verità. È proprio quello che fa Winnie e a volte sembra di essere in un film dell'orrore.

Mi metto le mani sui fianchi. «Non so perché Winnie ti abbia mandato qua. La casa non è abitabile. C'è solo un bagno funzionante...» indico dietro di lei, «... ed è solo un bagno di servizio, senza la doccia. La cucina verrà demolita molto presto e non ci sono letti.»

Lei alza una spalla. «Posso fare la doccia in palestra e mi basta il divano. Sono mesi che dormo sui divani dei miei amici, durante i provini per l'episodio pilota a Los Angeles.» Si maschera la bocca con la mano come se stesse per condividere un segreto e abbassa la voce a un tono complice. «Devo usare tutti i soldi che ho per i viaggi per andare ai provini e per le lezioni, in modo da stare sempre sul pezzo.» Rimbalza sulla punta dei piedi, con un sorrisino sulle labbra. «E ne ho ottenuto uno!»

«Uno cosa?»

«Un episodio pilota! Stai guardando la futura protagonista di una sitcom che verrà annunciata presto.» Si mette le mani sui fianchi, piegando una gamba, in una posa da tappeto rosso. «La mia grande occasione! Non ti posso dire il nome o che cosa riguarderà, ma sarà epica!» Alza le braccia a V, a indicare vittoria. Sospetto sia stata una cheerleader. E *non* sto immaginandola mentre slancia in alto una gamba con una gonnellina corta.

Distolgo gli occhi. *Concentrati.* La cugina della mia ex è un'attrice disoccupata che sta dormendo sul *mio* divano. Non che sia importante che si stia appropriando dell'unica cosa che è mia, a parte lo stupido materasso gonfiabile. Il vero problema è che devo condividere spazi minuscoli con lei e posso già dire che sarà un'enorme distrazione con tutta la sua allegria. Forse Winnie non ha dimenticato di parlarmi della visitatrice indesiderata. Forse l'ha mandata qui di proposito per distrarmi, sperando che non rispetti la scadenza, cosa che le renderebbe più facile sentirsi giustificata ad assumere qualcun altro per sostituirmi. Un piano subdolo in cui mi rifiuto di cadere. Avevamo un accordo. Questo è il *mio* progetto.

Priorità. La natura chiama. «Ho bisogno del bagno. Da solo.»

«Capito.»

Mi passa accanto sfiorandomi e sento il profumo dolce di qualcosa di fruttato e floreale. Come fa ad avere un odore così buono di prima mattina?

Finalmente ho il bagno tutto per me. Chiudo la porta e faccio quello che devo, con un lungo sospiro di sollievo. Sento la sua voce attraverso la porta, come se fosse proprio accanto a me. *Privacy, donna!*

«Spero che non sembrasse che mi stessi vantando» dice. «In effetti non è ancora cosa fatta per l'episodio pilota. Sto aspettando di sentire se è stato accettato dal canale televisivo. Ho una buona sensazione, però, ed è già qualcosa. Mi trasferirò a LA appena sentirò che l'hanno accettato. Devo pensare positivo!»

È una di quelle irritanti persone mattiniere. È più facile sentirsi irritati quando non la si guarda. Non credo di aver mai visto una donna così bella in modo così naturale, con i capelli in disordine, senza trucco e un ridicolo pigiama con l'orso Smokey. Ha quel quid degli attori che illuminano lo schermo. Sono sicuro che sarà in partenza per LA molto presto.

Mi lavo le mani e mi faccio una severa ramanzina allo specchio. *Ce la puoi fare. Mantieniti educato e fai il tuo lavoro.*

Sono stato allevato con delle maniere eccellenti, grazie al mio regale padre. Se non avesse abdicato al trono, sarebbe il re di Villroy, il che fa di me un principe. Non che abbia avuto ricchezze o privilegi, crescendo in un quartiere popolare a Brooklyn. Aveva abdicato per sposare mia madre, una borghese, ed era stato esiliato con i soli vestiti che aveva addosso. Comunque, le maniere raffinate sono utili quando ho a che fare con le donne. A Winnie piaceva definirmi un gentiluomo. Aveva anche migliorato il mio status di gentiluomo di classe aggiungendo abiti costosi al mio guardaroba, e a me andava bene. Ho delle aspirazioni superiori al mio livello di stipendio. Si chiama ambizione.

«Posso entrare?» mi chiede. «Ho sentito lo sciacquone e che ti sei lavato le mani.»

Sbuffo, esasperato. Posso farcela con qualunque donna, perfino una coinquilina indesiderata.

Apro la porta e Josie mi sorride, fin troppo allegra.

«Non funzionerà» ringhio. «Non so che cosa diavolo stesse pensando Winnie, avere un'ospite qui nel bel mezzo della ristrutturazione. Ho del lavoro da fare!»

Josie non se la prende per il mio ringhio, a quanto pare, perché mi raggiunge nel minuscolo spazio del bagno, toglie una spazzola dall'armadietto dei medicinali, spazzolando i suoi lunghi capelli. Io le giro attorno, evitandola con cura.

Lei si ferma, con la spazzola in mano. «Winnie dice che è stufa delle tue lamentale. Capisco che cosa intende.»

Mi blocco. «Se mi lamento, è perché di colpo ha imposto una scadenza assurda per mettere in vendita questo posto.»

Lei mi dà un'occhiata pungente. «Da quanto ho capito, stai abitando qui gratuitamente.»

«È tutt'altro che gratis!» Perdo raramente la pazienza, ma questo è un caso eccezionale. Si sta impicciando dei miei affari!

Cerco di assumere un tono più calmo. «È uno scambio. Vivo qui mentre ristrutturo la casa. Lei ottiene gratuitamente la manodopera di un costruttore esperto. Non potresti trovare un affare migliore da nessuna parte.» E io voglio veramente vivere in questo quartiere elegante, Park Slope, invece che in un monolocale in una delle zone che mi posso permettere. Park Slope è proprio accanto al parco, a soli quaranta minuti dalla città, e ha un'atmosfera rilassata, con tante famiglie e gente creativa. Continuo a sperare che sia messo in vendita qualcosa che rientri nel mio budget. Forse un'altra casa da ristrutturare, anche se ce ne sono rimaste poche in questo quartiere.

Lei aggrotta le sopracciglia, c'è simpatia nei suoi occhi azzurri. «Sei ancora arrabbiato perché Winnie si è fidanzata così presto?»

«No. Non sono mai stato arrabbiato. Ci siamo lasciati dieci mesi fa. È storia antica.»

Lei torna a spazzolarsi i capelli. «Bene. Devo dire che è veramente felice. Non mi ha mai detto niente di te quando eravate insieme, quindi quello con Colin deve essere il rapporto giusto. Non riesce a smettere di parlare di lui. Ovviamente non ci sono rancori tra voi due, giusto? Voglio dire, visto che stai ancora lavorando qui, nella sua vecchia casa. Devi essere uno di quegli uomini illuminati. È carino.»

Adesso sono nuovamente irritato. Più che irritato, e non so se sia colpa di Josie o di Winnie. Forse di entrambe. «Abbiamo vissuto insieme per sei mesi e lei non ha mai detto una parola di me?»

Josie spalanca gli occhi. «Ho detto qualcosa di sbagliato? Mi dispiace. Pensavo...»

«Lascia perdere.»

Lei ripone la spazzola nell'armadietto e si volta a guardarmi. «Forse non ha parlato di te perché eravamo entrambe molto occupate allo stesso tempo.» Annuisce. «Sì, sono sicura che sia per quello. Probabilmente io ero presa tra audizioni e le mie classi e lei andava avanti e indietro alla galleria d'arte, quindi... Dimentica quello che ho detto. Possiamo ricominciare da capo?» Si avvicina e sorride, il suo grande sorriso solare. «Salve!» Mi offre la mano. «Sono Jo...»

«Chiamo Winnie.»

Ma prima devo lavarmi dopo la lunga giornata di viaggio di ieri. Esco e vado alla doccia in giardino. Non ne ho parlato a Josie perché stavo cercando di rendere questo posto il meno attraente possibile. Normalmente faccio la doccia alla fine della giornata di lavoro, quando sono coperto di sudore e in questa mattina di metà aprile fa un po' più freddo di quanto mi piacerebbe, ma ho bisogno di spazio per me e di rinfrescarmi. Attraverso il giardino, diretto al box di legno della doccia installato dietro ad alcuni graticci di rose rampicanti. Metto le mutande sulla panchina appena fuori e salgo sulla piattaforma, restando di lato mentre apro l'acqua, dandole la possibilità di scaldarsi.

«Porti il telefono anche di fuori?» mi chiede Josie dal portico posteriore. La sua voce deve arrivare fino all'ultima fila del teatro e di sicuro arriva a tutto il vicinato.

Se la ignoro, se ne andrà.

L'acqua si scalda e mi metto sotto il getto.

«Senti scorrere l'acqua, come fosse pioggia?» mi chiede. «È una fontana?»

Ficco la faccia sotto lo spruzzo, chiudendo gli occhi. *Per favore vattene.*

C'è silenzio per qualche momento, quindi mi rilasso.

«Oh!»

Mi giro in fretta e lei è proprio lì, che fissa dall'apertura. Guardando *dappertutto.*

«Vattene!» sbraito.

«Scusa!» Lei si volta e cammina in fretta verso la casa. «Non sapevo che ci fosse una doccia in giardino!»

Lascio andare il fiato e prendo lo shampoo. Non riuscirò a rilassarmi finché non saprò che è tornata dentro.

«Ora mi sembra *veramente* di dover ricominciare da capo!» Sembra vicina, come se stesse tornando verso di me.

Irritato, verso lo shampoo nei capelli. Giuro che se torna indietro e mi offre la mano da stringere nell'ennesima presentazione, farò qualcosa che poi rimpiangerò. Come urlarle contro, e poi lei andrà a piangere da Winnie, che passerà dall'essere impaziente con me a essere furiosa. Dimenticatevi finire la ristrutturazione. Winnie mi butterà fuori a calci e mi sostituirà con un altro costruttore. Io amo questa vecchia casa e le ho già dedicato un mucchio di lavoro. Avevo cominciato la ristrutturazione quando Winnie e io stavamo insieme, con la visione comune di riportare questa gemma malridotta al suo antico splendore. Risale al 1880, una casa a schiera di quattro piani, larga sei metri, con soffitti alti. È esposta a sud e riceve tantissima luce che la fa sembrare spaziosa. Prima che ci lasciassimo, avevo impiantato il giardino e la doccia esterna; inoltre avevo rifatto il tetto e le finestre. Voglio vederla finita. Voglio avere la soddisfazione, e provare l'orgoglio, di vedere questo posto restaurato. Trascende Winnie, trascende Josie. Riguarda me e la mia capacità di restaurare questa bellezza storica.

Do un'occhiata alla panchina, dove ho lasciato le mutande e mi rendo conto di aver dimenticato l'asciugamano. Merda.

«Sei ancora lì?» chiedo.

Silenzio.

«Josie?»

«Uhm. Sì. Torno dentro subito!»

Parlo a denti stretti. «Puoi per favore prendermi un asciugamano dalla sacca al piano di sopra? È vicino al mio materasso gonfiabile.»

«Dormi su un materasso gonfiabile? Il divano dev'essere più comodo...»

«Asciugamano!»

«Giusto!»

Mi sposto per riuscire a vedere quando arriva al portico posteriore. Appena ci arriva, si ferma e mi dice nella sua sonora voce teatrale: «Faremo la seconda, o è la terza o la quarta... ripresa della presentazione una volta che sarai vestito».

Scuoto la testa e la rimetto sotto il getto. Sono fottuto.

2

Josie

Beh, non è stato un buon inizio. Da quando c'è una doccia all'aperto nel giardino della nonna? Trovo la sacca e prendo un soffice asciugamano azzurro. Sean Rourke, un vero e proprio principe. Winnie ne aveva parlato quando mi ha offerto di lasciarmi sistemare qui, e ho visto tutta la copertura dei media sulla riconciliazione della sua famiglia con quella reale di Villroy. Il matrimonio del maggiore dei suoi fratelli, Dylan, lo scorso fine settimana è stato un affare eclatante. Era la prima volta che qualcuno della parte esiliata della famiglia si sposava nella cappella reale. Avevo colto qualche scena della cerimonia nel notiziario sul volo per venire qua.

Winnie dice che Sean è qui fin da quando lei si è trasferita. Dieci mesi su un materasso gonfiabile con un paio di sacche? Non è esattamente ciò che ci si aspetterebbe da un principe. È messo peggio di me, che dormo sui divani degli amici. In effetti non sono tutti amici miei. Ho trovato quest'app che si chiama _Couch Crasher_, una rete di attori che cercano divani liberi e gratuiti per brevi soggiorni. Il mio ultimo divano a Los Angeles è stata una brutta esperienza. Ero nell'appartamento di una donna, ma lei aveva questo boyfriend, un gigante viscido, che mi aveva abbordato quando lei era uscita per prendergli le birre. Avevo detto no e poi avevo visto uno sguardo rapace che mi aveva gelato fino alle ossa. Aveva fatto un passo minaccioso verso di me e io mi ero voltata ed ero scappata nell'unico posto disponibile, la stanza da letto. Avevo chiuso a chiave la porta e vi avevo spinto contro la cassettiera. Lui aveva picchiato così forte contro la porta che avrei giurato che sarebbe andata in pezzi.

Avevo composto il 911 con le mani tremanti, ignorando gli insulti feroci che mi urlava. I poliziotti erano arrivati contemporaneamente alla donna che viveva lì. Ero riuscita ad andarmene sana e salva e avevo telefonato a Winnie, raccontandole la storia angosciante. Lei ha sei anni più di me ed è sempre stata più una sorella maggiore che una cugina e mi aveva sempre incoraggiato. Aveva insistito che cancellassi l'app *Couch Crasher*, cosa che avrei comunque fatto dopo quella brutta esperienza, e mi aveva invitato a stare con lei e Colin. Non volevo veramente fare da terzo incomodo e, sinceramente, Colin è uno di quei tipi rigidi e severi che mi hanno sempre messo in soggezione.

Comunque, Winnie mi aveva detto che potevo sistemarmi sul divano nella vecchia casa della nonna a Brooklyn. Sembrava la cosa ideale. Brooklyn è un posto fico e avrei potuto andare avanti e indietro dalla città per i provini e per andare a trovare Winnie. Mi aveva avvertito riguardo a Sean, dicendo che era un vecchio, grosso brontolone, ma anche un perfetto gentiluomo e che sarebbe stato come avere una guardia del corpo. Le sue parole esatte per descrivere il brontolone? Un uomo più grande e protettivo, con il senso dell'onore. Winnie ha trent'anni, quindi immaginavo un brontolone di mezz'età con jeans cascanti da vecchietto. Doveva aver inteso dire più grande di me. Io ho ventiquattro anni. Il tizio sexy e giovane mi aveva colto di sorpresa.

Non mi dà fastidio un po' di scontrosità purché riesca finalmente a lasciarmi alle spalle la sensazione paurosa di trovarmi nuovamente sul punto di essere rincorsa da un uomo aggressivo. Non so se sia stato il fatto che Winnie ha descritto Sean come un protettore nato oppure la sua naturale presenza, ma mi sono immediatamente sentita al sicuro con lui. Sean è il tipo d'uomo che ti guarderà sempre le spalle.

Scendo, mi infilo i miei graziosi sandali Birkenstock rosa metallico (un regalo di compleanno di Winnie), prendo la patente dal portafogli e torno in giardino con l'asciugamano di Sean.

«Sono la tua coinquilina!» dico a voce alta avvicinandomi alla zona della doccia. «Ho l'asciugamano e la mia patente, e non sto guardando.» Gente, che spettacolo ho visto. Avevo dovuto fermarmi in giardino e prendermi un momento per un silenzioso *wow!* È dotato e puntava direttamente verso di me. Era a causa mia o è uno di quei tipi che si masturbano regolarmente sotto la doccia? Mmm... Sembra che mi trovi irritante, quindi probabilmente era la sua solita routine sotto la doccia. Lo capisco. Serve ad alleviare la tensione.

«Lascialo sulla panchina» ringhia. «Per favore» aggiunge un po' in ritardo.

Lo faccio; poi mi metto una mano sugli occhi e alzo la patente verso di lui. «Non mi ero resa conto che avessi installato una doccia qua fuori. È stata una mossa intelligente, dato che stai ristrutturando.»

«Potresti allontanarti dalla zona della doccia?»

«Hai visto la mia patente?»

«Sì, l'ho vista. Spostati, per favore, lontano dalla zona della doccia.»

Arretro di qualche passo. Ha un favoloso accento di Brooklyn su cui dovrò far pratica più tardi. Ho un talento naturale per cogliere gli accenti regionali, dopo aver viaggiato per quasi tutta la mia infanzia con mia madre, una cantante d'opera. Non ho mai avuto radici o una vera casa, e non le ho ancora. A volte vorrei quella stabilità. Non è facile ricominciare in un posto nuovo ed è forse per questo che ho imparato a sentirmi a casa dovunque finisca.

«Più lontano.»

È un po' tardi per essere timido, ma rispetto la sua richiesta e vado verso una bordura di tulipani viola scuro. Qualche minuto dopo sento la sua presenza, e che mi sta fulminando con lo sguardo, e mi volto proprio mentre mi supera, diretto in casa.

Lo raggiungo. «Se vuoi il divano, posso dormire io sul materasso ad aria.»

Lui continua a camminare. Sembra che abbia fretta. Io gli sto al passo. «Se avessi voluto dormire sul divano lo avrei fatto. È mio. L'ho costruito io.»

«L'hai costruito tu? Wow! È meraviglioso. È molto comodo.» Il divano è un affare blu scuro, morbido, abbastanza profondo da accogliere comodamente due persone, quasi come un letto matrimoniale. Mi viene in mente che lo usasse per accoccolarsi con Winnie. Forse l'aveva fatto per lei. «Hai un vero talento.»

Per tutta risposta lui grugnisce, come se lo stessi nuovamente irritando, ma mi tiene aperta la porta, aspettando che lo preceda. Winnie aveva ragione: è un vero gentiluomo.

«Grazie» gli dico sfiorandolo mentre entro. I suoi penetranti occhi azzurri fissano i miei per un attimo, prima che distolga lo sguardo, con le mascelle contratte. Inclina la testa di qualche millimetro, accettando il mio grazie. Scontrosità unita alle buone maniere. Non può essere sempre burbero, no? Sono sicura che potremmo andare d'accordo se solo ricominciassimo col piede giusto.

Lui va al piano di sopra per vestirsi e lo guardo andare, ammirando i muscoli delle spalle larghe e della schiena. Decisamente una guardia del corpo ideale. A nessuno verrebbe in mente di creargli problemi. Come ha fatto Winnie a trascurare di parlare dei muscoli? Sì, li apprezzo. Sono una donna, no?

«Sento i tuoi occhi fissi sulla mia schiena» dichiara.

Arrossisco e improvviso per nascondere il fatto che lo stavo mangiando con gli occhi. «Winnie aveva detto che sei un protettore nato, quindi mi stavo solo chiedendo se fossi mai stato un addetto alla sicurezza.»

«No.» Si ferma e si volta. Tira indietro le spalle e gonfia il petto. «Quindi ha parlato di me.»

«Solo di recente, quando mi ha offerto il divano.» Lui si sgonfia e aggiungo in fretta: «Ha anche detto che eri un gentiluomo».

Lui si acciglia. «Sì, già, e sto pensando di mollare quel titolo.» Si volta e continua a salire.

«Perché?»

«Pare che non funzioni» borbotta.

Io mi appoggio alla scala dove è appena sparito. «Io credo che sia carino.»

«Potresti, per favore, lasciarmi un po' di privacy?» sbraita.

Wow. Scontrosità a tutta birra. Posso conquistarlo. Sono una persona molto amabile. Il mio agente dice sempre che ho quella qualità. Li conquisto in una sala di audizioni solo essendo me stessa, perfino prima del provino. È il motivo per cui continuo a ottenere di recitare negli episodi pilota. Questo è il terzo. Gli altri due non sono stati accettati, ma la terza volta è quella buona. Inoltre, ho fatto anche la pubblicità di un profumo e una serie educativa per le biblioteche scolastiche. *Non preoccupatevi, mamma e papà, quella laurea in arti drammatiche dell'università di NY sta ripagandosi in pieno.* Il mio debito studentesco è pazzesco, altro motivo per cui vivo nel modo più frugale possibile (oltre a non avere un lavoro stabile). Ci arriverò. È solo questione di trovare il progetto giusto nel momento giusto. Due anni di provini, sbarcando a malapena il lunario, saranno un ricordo lontano appena avrò la mia grande occasione. Ne basta una.

Mi permetto un sospiro prima di riporre la mia patente e prendere la mia roba per fare la doccia. È stato un buon momento per scoprire la doccia. Mi sono trasferita qua ieri mattina, quindi adesso non devo fare avanti e indietro tutti i giorni in palestra per la doccia e mi resta un po' più di tempo. Non che fossi così impegnata, solo la palestra, il corso di improvvisazione e le audizioni. Non accetterò di fare la cameriera a meno che l'episodio pilota non venga rifiutato, e non sarà così. *È il mio momento. Ci credo. Ci credo. Ci credo.*

Ooh, lo so. Preparerò la colazione a Sean prima che vada al lavoro. Fa un tipo di lavoro che richiede un mucchio di calorie per sostenersi. Diversamente dai tipi che incontro di solito, si è guadagnato quei muscoli usandoli, non in palestra. Apprezzo chi lavora sodo, dato che lo faccio anch'io, sempre in moto per cercare di avere successo nella mia carriera.

Quando sono sotto il getto d'acqua, resto sorpresa da quanto sia favolosa questa doccia. Buona pressione, acqua calda ed è veramente privata qui con le pareti di legno, i tralicci con le rose e gli altri cespugli. Mi chiedo se sia stato Sean a trasformare il modesto giardino di mia nonna in questo paradiso e poi la mia mente va immediatamente a lui nudo. L'ho visto in tutta la sua gloria. Non che sia interessata. Lui si comporta come se io fossi solo un enorme inconveniente. Inoltre, sarebbe strano, dato che è l'ex di Winnie.

Winnie ha ereditato la casa della nonna perché erano molto intime. Io ero troppo giovane per conoscere così bene mia nonna e i miei genitori non la visitavano spesso perché lei era un po' fredda con loro per via del fatto che mio padre (suo figlio), puritano e perbenino, l'aveva delusa sposando un'artista, mia madre. Mia nonna pensava che la carriera di mia madre la portasse via troppo per poter essere una buona moglie e madre e avevano avuto un diverbio. Ma mio padre e io avevamo viaggiato per tutto il mondo con mia madre e la nostra piccola famiglia era molto unita. I miei genitori adesso vivono a Nashville, bel posto, ma non è comodo per me vivere lì e continuare regolarmente con le audizioni. La carriera di mia madre era andata scemando con l'età, come spesso succede con i ruoli per le donne nell'opera. I pregiudizi riguardanti l'età fanno schifo. Lei ha ancora una bellissima voce. So cantare anch'io, ma la mia passione è il cinema e spero di farcela, un giorno.

Evito di lavarmi i capelli perché li ho lavati ieri e comincio con il sapone. Dovrei avere una risposta riguardo all'episodio pilota tra due o tre settimane e poi andrò a Los Angeles. Il principe brontolone, Sean, è un coinquilino temporaneo. Ecco tutto. E mi rassicura sapere che ho vicino un uomo grosso e forte. Ovviamente non è che il viscido di LA mi abbia seguito qui, ma comunque non faccio del male a nessuno se immagino che Sean sia la mia guardia del corpo non ufficiale. Probabilmente non avrò mai bisogno di chiamarlo, ma, nel caso, potrei farlo, ed è questa la cosa importante.

«Guardia di fantasia» canto tra me e me mentre mi lavo.

«Benvenuta tu sia!» diamogli un po' di stile scespiriano. Sono abituata a intrattenermi da sola.

Qualche minuto dopo, mi asciugo e sento un po' di freddo. Corro dentro, mi infilo dei vestiti, una maglietta verde con il collo a V e leggings neri, e vado nella piccola cucina. È allo stesso livello del giardino, accanto al confortevole salotto dove dormo sul divano. È anche l'unico piano con un bagno funzionante. Che bel posto dove stare. Sento Sean che cammina al piano di sopra. Forse sta preparando gli attrezzi per andare a lavorare. Winnie dice che lavora a questa casa la sera e durante i finesettimana. Sono sicura che apprezzerà una buona colazione prima di andare al lavoro.

Apro il frigorifero e trovo solo uova, latte e affettati. Controllo le etichette sulle confezioni di affettati: prosciutto e provolone. Sul ripiano c'è anche del pane. Se solo fossi un geniale chef e sapessi come preparare qualcosa di speciale con solo ingredienti di base. Beh, i sandwich di formaggio grigliato sono carboidrati e proteine. Mi sembra vada bene per dare energia. Aggiungerò anche il prosciutto. Ehi, sto preparando un *croque monsieur*? Forse. Sean è fortunato a ottenere un'elegante colazione calda prima del lavoro. Sono sicura che ci riporterà in pista. Davvero, non sopporto un ambiente domestico teso. Sono abituata ad ambienti rilassati e tranquilli.

Trovo una padella in un armadietto e la metto sul fornello, accendendo la fiamma. Che altro? C'è del burro? Mi guardo attorno nel caso lo lasci in giro sul ripiano e poi ricontrollo nel frigorifero, ma non ce n'è. Controllo gli armadietti, cercando dell'olio o lo spray per cucinare, niente da fare. Forse la padella ha già un rivestimento antiaderente, o qualcosa di simile. Nessun problema. Prendo un piatto e assemblo il mio primissimo *croque monsieur* (credo) e lo metto nella padella.

Preparo due bicchieri d'acqua e li metto sul ripiano in laminato dell'isola. Do un'occhiata al *croque monsieur*, che sembra ancora okay, quindi prendo due tovaglioli, ripiegati in diagonale. Quando sarà pronto il suo sandwich ne farò uno anche per me.

Sento odore di bruciato e mi affretto ad andare a voltare il sandwich. Merda. Dov'è la spatola? Frugo nei cassetti, perdendo tempo prezioso, finché finalmente la trovo. Ribalto il sandwich e il formaggio fuso finisce sulla padella sfrigolando forte. Il pane è annerito e si alza del fumo dalla padella. Agito la mano per mandarlo via. È ancora salvabile. Posso raschiare via la parte bruciata e sarà buono. Devo solo aspettare qualche minuto perché l'altro lato sia ben tostato. Dannazione, c'è un sacco di fumo. Tossisco e apro la porta su quella che era una piccola sala da pranzo e che ora è uno spazio vuoto. Devo fare corrente. Apro e chiudo la porta diverse volte per far aria e, quando non funziona, corro verso la finestra dall'altro parte del salotto e la apro.

Bip-bio-bip. Oh no! Ho fatto scattare il sensore di fumo. Spengo il fornello e trovo il sensore sul soffitto accanto alle scale. Non riesco ad arrivarci per spegnerlo. Non è un fuoco, è solo fumo! Non c'è bisogno dell'allarme. Faccio un paio di salti tentando di spingere il bottone per spegnerlo e poi salgo un paio di gradini, cercando di arrivarci così. Niente da fare. Continuo a cercare di mandar via il fumo sventolando le mani.

«Che diavolo sta succedendo?» sbraita Sean alle mie spalle.

Mi volto e grido per superare il suono dell'allarme. «Puoi spegnerlo? Non ci arrivo. È solo fumo, dal pane bruciato.»

Lui alza una mano e lo spegne con facilità. Probabilmente è alto più di un metro e ottanta. «Perfetto.»

Mi rilasso quando finalmente i bip finiscono. «Ti ho preparato la colazione.»

«Vuoi dire il pane bruciato?»

«Solo un po'. Raschierò via la parte bruciata.»

Lui si siede sui gradini e si prende la testa tra le mani. I suoi capelli castano scuro gli scendono sulla faccia, ancora un po' umidi dopo la doccia. Sembra stanco e anche un po' disperato. Sono un'attenta osservatrice degli atteggiamenti e delle espressioni, per via del mio mestiere.

«Te ne preparerò uno nuovo» dico in tono allegro. *Non disperare, amico.*

Lui alza la testa. «Il sensore di fumo è l'ultimo modello

della società di antifurti. È collegato in modo da chiamare automaticamente i pompieri. Non si può cancellare la chiamata una volta scattato. Ho tentato una volta quando Winnie aveva bruciato la cena. Devono intervenire e seguire una procedura come da protocollo.»

«Winnie ha bruciato una cena? Ma lei è una dea del focolare.»

Lui mi dà una seria occhiata di traverso. «L'avevo distratta.»

Apro la bocca e poi la richiudo. *Roba di sesso, capito.* Anche se è difficile immaginare la mia dolce cugina, dea del focolare, con questo costruttore un po' ruvido. Avrei tante domande...

Lui espira bruscamente. «Adesso dovrò occuparmene e aspettare il via libera prima di cominciare a lavorare. Un altro ritardo. Proprio quello di cui avevo bisogno.»

«Me ne occuperò io. Tu vai pure a lavorare.»

«Io lavoro qui» dice a denti stretti.

«Oh, pensavo che lavorassi qui solo la sera e nei fine settimana.»

«Ho preso una settimana di ferie per portare avanti più in fretta la ristrutturazione.»

Do un'occhiata in cucina. «Allora, vuoi mangiare mentre aspettiamo i vigili del fuoco?»

Lui va in cucina, sospirando. Lo raggiungo e fissiamo entrambi il sandwich annerito col formaggio marroncino rappreso e il prosciutto incollati alla padella.

«Sono sicura che ha un buon sapore» dico. «È un *croque monsieur.*» Il mio accento francese è perfetto. Il lavoro della mamma ci ha portato parecchie volte a Parigi.

Lui mi dà un'occhiata scettica, alzando le sopracciglia. «Allora mangialo tu.»

Prendo la spatola e mi do da fare per staccare il sandwich dalla padella, colpendolo da parecchie direzioni prima che finalmente si stacchi, quasi intatto. Lo metto sul piatto che avevo lasciato sul ripiano, prendo un coltello, scrosto la parte bruciata fino ad arrivare al pane non bruciato. Sento i suoi occhi su di me, che mi giudicano, ma li ignoro perché sono decisa a far sì che il mio gesto gentile diventi la pietra angolare del nostro convivere amichevole. Quando avrà la prova che cucino in modo adeguato, sarà contento di questo gesto gentile.

Gli sorrido prima di mettere in bocca un grosso boccone. *Disgustoso*. «Delizioso» dico mentendo, tenendolo nell'angolo della bocca. Sa di fumo e di qualcosa di strano e scivoloso.

Lui si mette a ridere. «Il prosciutto e il formaggio sono stantii.»

Afferro un tovagliolo e sputo il boccone. «Perché non me l'hai detto?»

«Era più divertente così.» Dà un'occhiata all'isola, dove avevo messo i bicchieri d'acqua e i tovaglioli. «Non c'è bisogno che cucini per me.»

«Lo so.» Getto il sandwich nella pattumiera prendo le confezioni di vecchio prosciutto e formaggio e butto via anche quelle. Mi volto verso di lui. «Stavo cercando di ricominciare col piede giusto. Vorrei che andassimo d'accordo.» Faccio una risatina. «Mi dispiace di aver rallentato il tuo lavoro. Potrei aiutarti.»

«No!» Mette le dita in croce davanti a sé come se stesse scacciando uno spirito maligno. «Tu resta nel tuo angolo e io resterò nel mio.»

Faccio un passo verso di lui. «Ma così l'atmosfera sarà tesa. Preferisco un ambiente rilassato.»

Lui fa un passo indietro, si volta, va verso un armadietto e prende una barretta proteica. Toglie l'involucro, dà un morso e parla a bocca piena. «Questa è la colazione.»

Il mio stomaco brontola. Non ho intenzione di pregarlo che mi dia da mangiare. Più tardi, andrò al mercato a prendere le cose essenziali. Ieri avevo gli avanzi di Winnie.

Lo guardo mangiare la sua semplice colazione. Tutti i suoi movimenti rivelano la tensione. «Sei sempre così teso?»

Lui non si degna di voltarsi. «Pensa se avessi una scadenza ravvicinata, per un lavoro che ci tieni veramente a fare bene, continuando a dover fare il tuo lavoro quotidiano.»

«Sono brava a fare i massaggi» dico alzando le mani e flettendo le dita. «I miei amici dicono che ho le mani da guaritrice. Stavo pensando di sceglierlo come secondo lavoro mentre aspetto il mio grande momento.» Inoltre, come cameriera faccio schifo.

Sean mi dà un'occhiata voltando la testa. «No, grazie.» Preme un tasto sulla macchina del caffè, si volta e si appoggia al ripiano, afferrando la barretta proteica e finendola in pochi morsi. «Io non cucino. Uso solo il microonde oppure mi faccio consegnare qualcosa. Molto presto, comunque, demolirò la cucina, da cima a fondo, quindi è meglio che ti abitui ad arrangiarti.» Si infila una mano tra i capelli mettendoli in disordine. «Non potrai dormire qui da basso mentre lavorerò a questo piano. Ci sarà troppa polvere. Non so che cosa fare con te.» Espira violentemente e mi dà un occhiataccia. «Dovrai dormire sul pavimento in una delle camere di sopra. Decisamente non ero pronto a ricevere ospiti. Non potresti semplicemente accettare di restare a casa di Winnie nonostante il loro amoreggiare?»

Stringo le labbra, cercando di decidere quanto rivelargli della mia avversione per Colin. Poi decido di essere semplicemente franca. «Per favore non dirlo a Winnie ma Colin non mi piace. È molto rigido, non solo teso come te adesso. Voglio dire, è come se avesse sempre una scopa infilata nel culo.»

Sean ridacchia.

«E i suoi occhi scuri sono calcolatori, come quelli di uno squalo. Una volta l'ho detto a Winnie e lei mi risposto che era veramente molto intelligente ed era per quello che aveva quell'espressione. Quindi capisci, non è che debba sposare quel tizio ma non voglio vivere a stretto contatto con lui. Mi dà i brividi.»

«Quindi preferisci vivere a stretto contatto con me, un completo estraneo.»

«Preferisco vivere con un gentiluomo, protettore nato, con penetranti occhi azzurri. Quegli occhi sono diretti e sinceri.»

Resta a bocca aperta per un attimo prima di richiuderla di scatto. Sorride appena un po' mentre mi studia con i suoi penetranti occhi azzurri, probabilmente lieto che lo trovi preferibile a Colin, visto che non è ovviamente così per mia cugina.

Non posso fare a meno di pensare che quella tensione sia

anche un po' colpa mia, per averlo sorpreso con la faccenda della coinquilina, anche se Winnie diceva che era già scontroso per via della ristrutturazione. Non lo aveva avvertito della mia presenza perché era stufa dei suoi rimbrotti. Le avevo assicurato che me lo sarei fatto amico e ci riuscirò.

«Ricominciamo da capo. Salve! Sono Josie.» Gli tendo la mano proprio mentre si sente il suono delle sirene in fondo alla strada.

Sean alza gli occhi verso il soffitto. «Lo so, credimi, lo so.» Scuote la testa e va all'ingresso per andare incontro ai camion dei vigili del fuoco.

Mentre è occupato di fuori a parlare con i vigili del fuoco, noto che il caffè è pronto. Trovo una tazza e afferro la caraffa di vetro per versarglielo, ma il manico mi scivola dalle dita. Merda! La caraffa rimbalza sul piano e cade sul pavimento di piastrelle dove va in mille pezzi, con il caffè che schizza dappertutto. Balzo indietro e metto in fretta sotto l'acqua fredda il braccio dove è schizzato il caffè bollente. Questo è il motivo per cui le mie mance come cameriera sono miserrime. Non so che cosa ci sia tra me le cucine, ma non andiamo d'accordo. È ciò che succede quando non si ha mai avuto una vera casa. So fare solo le cose più elementari in cucina e nemmeno quelle tanto bene. Ho solo tentato di preparare la colazione perché pensavo che Sean uscisse presto per andare a lavorare e non volevo perdere l'occasione di fare qualcosa di carino per lui.

Sento Sean e i vigili del fuoco che entrano e mi guardo alle spalle. «Attenti! Ci sono vetri rotti e caffè sul pavimento. Un piccolo incidente. Pulirò tutto in un minuto.»

Sean fa una smorfia e viene verso di me. Mi preparo per altri rimbrotti, o forse urlerà con me dicendomi di andarmene e non tornare più. Invece si china verso di me e fissa le macchie rosse sull'avambraccio che sto tenendo sotto l'acqua corrente. «Ti sei scottata.»

«Non è niente. Bruciatura di primo grado e l'ho raffreddata subito.»

Mi guarda negli occhi e per la prima volta i suoi sono

meno penetranti e più preoccupati. La sua voce è burbera e tenera insieme. «Ci tieni veramente a essere d'aiuto.»

Il mio polso accelera di colpo. «Già, almeno ci stavo provando. Immagino che avrei dovuto trovare un altro modo, fuori dalla cucina.» Chiudo l'acqua e Sean mi porge un tovagliolo di carta.

I vigili del fuoco stanno ispezionando l'area intorno a noi, ma io sono concentrata su di lui mentre alza il mio braccio senza stringerlo, controllandolo da tutte le parti.

«Va tutto bene» dico piano. «Adesso pulisco.»

«Sei a piedi nudi.»

«Ho i sandali.» Strillo quando mi solleva prendendomi per la vita e mettendomi seduta sull'isola.

«Pulirò io. Tu non muoverti.»

Lo guardo mentre pulisce il pavimento, alzandosi ogni tanto per parlare con i vigili del fuoco che ora stanno ispezionando ogni stanza. Ho causato io il disastro che lui sta sistemando. E non è arrivato come un pugile che stia scattando dal suo angolo per mettermi KO. L'ha fatto teneramente. Con cura.

Adesso riesco a capire perché Winnie si sia messa con lui. C'è della tenerezza nascosta sotto la sua scorza burbera. Sorrido tra me e me. Questa faccenda dei coinquilini può veramente funzionare.

È un uomo complesso e, da attrice, la cosa mi piace. Considererò questo periodo come una lezione di recitazione e lo studierò come se fosse il personaggio di un abilissimo lavoratore edile con un cuore d'oro. Forse sto abbellendo un po' la situazione con la faccenda del cuore d'oro, ma il mio istinto mi dice che è una brava persona.

Ora devo solamente rendermi indispensabile.

3

———

Sean

Accompagno fuori i vigili del fuoco e resto sul marciapiede per un minuto guardandoli tornare ai loro camion. Ho perso un'ora di lavoro sul bagno al piano di sopra ed è tutta colpa di Josie. Pensavo che sarebbe stata una distrazione solamente perché è troppo bella e troppo allegra, ma le cose sono molto peggiori. È un disastro ambulante. Più cerca di "aiutarmi" più lavoro dovrò fare. Deve andarsene.

Torno dentro e la trovo in cucina che mi volta le spalle. «Josie.»

Lei si gira di colpo, mastica in fretta e deglutisce con un'espressione colpevole. «Scusami. Ho preso una delle tue barrette proteiche. Te le ricomprerò.»

La mia irritazione svanisce. Aveva fame. Chissà quando è stato il suo ultimo pasto. È un'attrice a bolletta e disoccupata. Eppure, ha cercato di prepararmi la colazione prima di prendere qualcosa per sé.

«Non preoccuparti» dico. «Sono abituato a condividere il cibo. Sono cresciuto con cinque fratelli che mangiano come se fosse uno sport olimpico.»

«Grazie, ero troppo affamata per aspettare.» Dà un altro morso, mangiando con un'aria estasiata una barretta proteica;

come se stesse morendo di fame e quella fosse una cosa deliziosa. Al massimo direi che ha un sapore blando. Josie finisce in fretta la barretta e dice: «Troviamo un modo perché possa aiutarti».

«Che programmi hai?» Spero che abbia qualcosa in ballo. Ho bisogno di concentrarmi su specifiche attività lavorative durante le quali non debba preoccuparmi di che cosa sta incasinando Josie.

«Come prima cosa al mattino faccio yoga, mi alleno in palestra nel tardo pomeriggio, per riprendere energia e ho il corso di improvvisazione il giovedì sera alle sette in città. A parte questo devo solo aspettare notizie dal mio agente riguardo a qualche audizione che possa essere adatta a me.» Alza le braccia. «Sono tutta tua per tutto il tempo che vuoi.»

Poi mi cade lo sguardo sulla parte di stomaco scoperta con i muscoli definiti lungo i suoi addominali. L'allenamento sta pagando. Rialzo di colpo la testa.

Josie lascia cadere le braccia e sorride allegra. «Sono sicura che lavorare a una ristrutturazione sarà un allenamento migliore di quello in palestra.»

Non ho il coraggio di buttar fuori un'attrice morta di fame e disoccupata. Non che potrei farlo così facilmente, dato che questo posto non è mio. Reprimo un sospiro. Sarà solo per un paio di settimane, giusto? Poi andrà a Los Angeles. E io sarò qui a tempo pieno solo per una settimana prima di tornare al mio solito lavoro, e allora sarò troppo occupato perfino per notarla. Posso sopportarla per una settimana. Le darò semplicemente qualcosa da fare lontano da me. Solo qualcosa che possa fare senza incasinarlo. «Hai mai usato degli attrezzi?» chiedo.

«No. Ma imparo facilmente. Ti osserverò e sono sicura che capirò subito. Sarà come se fossi la tua apprendista.»

Accidenti. Non posso permetterle di osservarmi lavorare tutto il giorno nel piccolo spazio nel bagno del terzo piano. Alla fine, trovo qualcosa. «Puoi pulire le piastrelle nel bagno del quarto piano. C'è uno strato di polvere e stucco sbavato. Prima le piastrelle della doccia e poi quelle del pavimento. Credi di poterlo fare?»

Lei sorride. «Certo, capo.»

Mi ritrovo a sorridere e mi volto. Non voglio essere troppo amichevole. «Ti troverò una spugna e una spazzola.» Vado al piano di sopra dove ho riposto i miei attrezzi e tutto ciò che mi serve in una stanza vuota.

Lei mi segue a ruota. «A che punto è il bagno su cui dovrò lavorare?»

«Sto solo aspettando che il magazzino tagli i ripiani. Hanno loro i lavandini in modo da sagomarli per farli combaciare. Dovrebbero consegnarli entro venerdì, poi collegherò i rubinetti.»

«Bene. E presumo che il WC e la doccia funzionino.»

«Sì, ma non li ho usati perché non voglio rischiare che il mobile si bagni prima di installare il ripiano.»

«Allora perché devo lavare tutto? In questo modo il mobile non si bagnerà?»

«No, se farai attenzione. Devi usare solo una spugna inumidita.» Mi fermo sul pianerottolo del terzo piano e mi volto a guardarla. Forse è una cattiva idea. Le sue gesta in cucina la fanno sembrare maldestra.

Lei alza un dito. «Riesco a vedere che ci stai ripensando ma ti giuro che sono un disastro solo in cucina. Non hai avuto problemi quando ero nel bagno di servizio, giusto?»

Ci penso. A parte essere nel bagno di servizio, dove non avrebbe dovuto essere del tutto, l'ha lasciato tutto intero.

Josie mi indica di fare un passo indietro e mi raggiunge sul pianerottolo. «Pensi che rischierei di partire di nuovo col piede sbagliato? No, assolutamente no. Adesso siamo una squadra. Laverò tutto con cura senza bagnare il mobile. Il risultato ti piacerà. Mi dirai: "Josie, dovresti essere la miss Brillo in tutti i miei lavori". Ci pagherebbero un mucchio di soldi.»

Sto di nuovo sorridendo. «Miss Brillo?»

Lei sorride. «Sicuro.»

Scuoto la testa e vado nella stanza-ripostiglio, dove prendo spugna, spazzola e secchio. «Usa la doccetta per mettere una piccola quantità d'acqua nel secchio per sciacquare la spugna e la spazzola. Se hai un qualsiasi problema, smetti di fare quello che stai facendo e vieni a cercarmi. Io starò installando le piastrelle nella doccia del bagno su questo piano.» Indico più avanti nel corridoio. «È nell'angolo, proprio sotto il bagno in cui ci sarai tu.»

Lei si illumina. «Comodo. Potremo sentirci lavorare, quindi sarà come se ci stessimo tenendo compagnia.»

Mantengo un'espressione neutra. «È così che funzionano normalmente i bagni, per via delle tubazioni. Non per tenerci compagnia.»

Lei smette di sorridere. «Giusto.»

Sento una fitta di senso di colpa. Ho ferito i suoi sentimenti. Lei vuole veramente essere una coinquilina amichevole. Accantono il pensiero. Ho veramente bisogno di concentrarmi. Lei è una distrazione, più che altro perché è veramente tanto tempo che non sto con una donna. Se fosse uno dei miei fratelli che sta lavorando al piano di sopra non ci penserei nemmeno un attimo. Mi darò da fare per cercare una donna (una diversa) quando avrò finalmente finito questa ristrutturazione. Evito di scusarmi con lei e vado nel bagno per cominciare a lavorare.

Poco dopo la sento scendere le scale. *Ditemi che non ha già fatto qualche casino.* Sporgo la testa. «Va tutto bene?»

Lei sorride, con gli occhi azzurri che scintillano. Ha raccolto i capelli in un nodo disordinato in cima alla testa mettendo in evidenza il collo e la morbida curva verso la spalla. Mi obbligo a guardarla negli occhi. «Nessun problema, capo. Devo solo prendere una cosa. Non volevo distrarti.»

«Troppo tardi» borbotto tra me e me quando se n'è andata. Liscio la mescola sul cartongesso. Ho appena completato tre file di piastrelle bianche nella doccia, montate sfalsate, e sto man mano salendo. Accendo la musica che ascolto quando lavoro, sperando di isolarmi da qualunque cosa lei stia facendo e concentrarmi. Ho qui un piccolo altoparlante.

Fortunatamente la musica risolve il problema e riesco a continuare in modo costante posando le piastrelle e fermandomi ogni tanto per andare nella stanza dove ho lasciato l'attrezzo per tagliare a misura una piastrella per il bordo della fila. Sto procedendo in fretta e il risultato mi piace. E poi sento aprire l'acqua sopra di me e sembra il rumore della doccia a piena potenza. No. Non salirò a vedere. Probabilmente starà sciacquando le pareti della doccia. Niente panico.

Spengo la musica e ascolto. Sta cantando la canzone di uno show. In effetti sembra veramente brava.

Torno a lavorare. Parecchi minuti dopo l'acqua sta ancora scorrendo. A questo punto non dovrebbe aver finito di sciacquare? Non uso di proposito quella doccia per non rischiare di mandare l'acqua sulla parte scoperta del mobile di legno cui manca il ripiano. Sarà meglio che abbia chiuso completamente la porta di vetro della doccia.

Non ci sono porte in nessuno dei bagni perché avevo bisogno di spazio per portar dentro la roba e questo significa che quando arrivo al bagno del quarto piano ho la visione chiara di Josie nuda nella doccia che canta mentre getta l'acqua sulle piastrelle con le dita, in quelli che sembrano passi di danza jazz.

È aggraziata, agile e le sue curve delicate brillano per l'acqua che scorre. Capezzoli rosa sui seni pieni, pancia piatta e tonica, i fianchi che si allargano delicatamente, la curva del sedere, gambe tornite. L'ammiro, con i muscoli che si contraggono, il sangue che scorre verso sud. Devo andarmene, ma sembra che non riesca a muovermi. Cazzo. È passato troppo tempo per me.

Lei si volta leggermente e io arretro in fretta.

Sono silenzioso come un gatto mentre scendo al piano di sotto. Può pulire, nuda e ballando, come vuole e non dirò boh. Almeno la porta di vetro della doccia era completamente chiusa. Sistemerò più tardi l'eventuale casino che farà uscendo da lì, quando sarò sicuro che è vestita. Questione di pura sopravvivenza.

Lei continua a cantare.

Torno a lavorare ma sono troppo accaldato e non riesco a concentrarmi. Le sue curve snelle mi si sono incise nella mente. Maledizione.

Scendo dabbasso ed esco in giardino per prendere un po' d'aria seguendo il sentiero. Questo posto mi calma sempre. Ok, non è così terribile. Sì, l'ho vista nuda ma lei non lo sa.

Non è necessario che diventi imbarazzante. Poi ricordo che mi ha visto nudo nella doccia in giardino e io me ne sono decisamente accorto. Perfetto! Siamo pari. Ok, ci siamo visti entrambi nudi.

Vibra il telefono che ho nella tasca dei jeans e lo controllo. Winnie. Le avevo mandato un messaggio chiedendole di chiamarmi. Schiaccio il tasto e lei parla immediatamente a raffica. «Ciao, immagino che a questo punto abbia conosciuto Josie. Spero che non ti stia comportando in modo troppo scontroso con lei.»

Quindi non aveva dimenticato di parlarmi di sua cugina. Aveva preferito non farlo per qualche motivo, esattamente come avevo cominciato a sospettare. «Avresti potuto avvertirmi.»

«Avresti fatto storie e sono stufa delle tue lamentele. È casa mia e Josie aveva bisogno di un posto dove stare. Le ho detto che sei un gentiluomo e che con te poteva sentirsi al sicuro.»

Stringo i denti. Parla come se io fossi un eunuco. Come se Josie non dovesse mai temere che ci provi con lei. E io che sospettavo che Winnie avesse mandato qui Josie per distrarmi, in modo che non rispettassi la consegna e lei potesse sostituirmi con un altro costruttore. Ovviamente hanno pensato entrambe che questa sarebbe stata una tranquilla situazione tra coinquilini. Cavoli, qualunque uomo dal sangue caldo desidererebbe Josie!

Winnie continua. «Josie ha preso un brutto spavento con un uomo che ha cercato di aggredirla a Los Angeles e sapevo che tu, per come sei, l'avresti fatta sentire al sicuro.»

Sono perplesso. Come? Poi ricordo che Josie mi aveva chiesto se fossi mai stato un addetto alla sicurezza. «Che cosa è successo?»

«Il tizio è diventato aggressivo quando lei lo ha rifiutato. Josie è scappata e ha chiamato il 911. È riuscita a restare al sicuro ma si è spaventata. Le ho offerto di restare con me ma non voleva fare da terzo incomodo, visto che abbiamo solo una camera. La casa di nostra nonna ha stanze in abbondanza.»

Mi passo una mano tra i capelli. Josie è stata rincorsa da un aggressore che non ha accettato un no per risposta? E io che non ho smesso un attimo di ringhiare con lei. Non che ne sembri intimidita. Non ha il minimo senso pratico. Tutta quella aperta disponibilità, la sua espressione che mostra ogni pensiero ed emozione, il suo corpo sexy nudo. *Non pensarci. Non è mai successo.*

Le rispondo a muso duro. «È una distrazione e mi rallenterà sicuramente. Non ci sarà un posto dove metterla appena comincerò a demolire la cucina. Non può vivere in una zona di demolizione.»

«Tu stai vivendo benissimo in una zona di demolizione. La stai solo usando come scusa per non finire il lavoro. Abbiamo bisogno di mettere la casa in vendita all'inizio di giugno. Colin vuole che compriamo un appartamento nell'Upper East Side e ce n'è uno disponibile in un edificio prestigioso. Abbiamo un colloquio stasera con il consiglio condominiale.»

Il suo tono sprezzante mi infastidisce e devo frenare un'imprecazione. Sembra che il signor Nababbo abbia colpito ancora. Non posso permettere che la mia irritazione con Winnie mi porti ai ferri corti con lei. Voglio mantenere questo lavoro e finirlo secondo i miei standard. Questo progetto è mio da più di un anno ed è una sfida personale. Un raro gioiello storico che ristrutturò da solo. Inoltre, non sarà male averlo come referenza per la Rourke Management. L'impresa della mia famiglia sta allargandosi dalle costruzioni allo sviluppo immobiliare e questo posto è un ottimo esempio del valore della ristrutturazione.

«Per favore, Sean. Devi farcela. So che farai un buon lavoro. È l'unico motivo per cui ho lasciato che il progetto tardasse tanto, ma adesso è ora di finirlo.»

«Lo so» rispondo a denti stretti. «Ho preso una settimana di ferie per accelerare i lavori qui e tu mi hai messo un bastone fra le ruote inserendo la tua sexy cugina.»

«Perfetto. L'apprezzo veramente. Ora torno a lavorare! Ah-ah. Ciao!»

Chiudo la chiamata e torno di sopra deciso a fare

progressi. Ricomincio a posare le piastrelle e noto che sopra di me l'acqua ha smesso di scorrere. Josie sta ancora cantando, ma non riesco a capire di che canzone si tratti. Probabilmente è carponi e sta lavando le piastrelle del pavimento. Vestita spero. Certo che è vestita! Metto la mia musica a tutto volume, coprendo il suono della sua voce.

Più tardi sobbalzo, sorpreso da un colpetto sulla spalla. Mi volto, infastidito dall'interruzione ma poi Josie mi rivolge il suo sorriso solare. Non posso ringhiare contro la donna che è arrivata qui cercando un porto sicuro dopo essere stata aggredita da uno stronzo. Specialmente sapendo che il fidanzato di Winnie le fa venire la pelle d'oca. Sono tutto quello che ha e detesto il fatto che una persona aperta e amichevole come lei si sia sentita minacciata.

«Finito!» esclama. «Vuoi salire a vedere? Penso che ti piacerà il risultato scintillante.»

«Sono sicuro che vada bene.» Le farò da guardia tenendo le mani a posto. Anche se probabilmente dovrò usarne una più del solito. Reprimo un gemito. Sarà una tortura.

Lei si avvicina. Sottili ciocche di capelli rossi sono sfuggite al nodo, ancora umidi per il balletto che ha fatto nella doccia mentre puliva. Nella mente mi passa l'immagine di Josie nuda e mi concentro sulle dita dei piedi che sporgono dai sandali. Perfino quelle sono carine.

«È perfetto» dice. «Tranne la mancanza dei lavelli, dei rubinetti e del ripiano. Sei sicuro di non voler controllare il mio lavoro, capo?»

«Ti credo sulla parola.»

Lei mi fa segno di seguirla. «Vieni a vedere.»

«Sono occupato.» Torno a posare le piastrelle. Vuole una guardia ed è tutto ciò che sarò.

«Qual è il tuo numero? Farò qualche foto e te le manderò. Ci vorrà solo qualche secondo per vederle.»

È così insistente che è difficile non ringhiare. Mi volto e lei mi guarda speranzosa. Immagino sia il tipo di tenacia che serve per continuare a fare provini nonostante un rifiuto dopo l'altro. Le do il mio numero anche se sembra un altro passo per avvicinarsi. Probabilmente adesso mi manderà regolarmente messaggi e poi io dovrò risponderle in modo da non sembrare un coinquilino poco amichevole. E tanto per cominciare non volevo un coinquilino! E decisamente non una donna bella, sexy e nuda come *amica*.

Non nuda. Smettila. Adesso è completamente vestita e sta aggiungendo il mio numero ai suoi contatti, ma con la mente riesco ancora a vedere il suo corpo. È uno spettacolo anche completamente vestita. Il seno pieno sotto la t-shirt verde corta che ogni tanto lascia intravedere i suoi addominali. I leggings che fasciano i fianchi morbidi e le gambe toniche.

Si volta e va di sopra. La dolce curva del suo sedere.

Accidenti!

4
____

Josie

Credo di aver dimostrato il mio valore come aiutante. Qualunque cosa stia facendo Sean, sono lì pronta a passargli un attrezzo, una piastrella o un bicchiere d'acqua. Ho provato ad aggiungere la mescola alla piastrella prima di dargliela ma non è andata *per niente* bene. A quanto pare la mescola va sulla parete e non sulla piastrella, e solo *lui* può toccare quella roba. In ogni modo l'ho studiato per bene mentre lavorava. Chissà un giorno reciterò la parte di un lavoratore edile in un film.

Siamo nel bagno del terzo piano come al solito. In realtà io sono fuori, su suo ordine mentre posa il pavimento. Ok, posso aver esagerato un pochino dicendo che Sean mi ha accettata come aiutante. A volte ho la sensazione che mi tolleri appena anche se mi sono resa indispensabile tutta la settimana. Adesso ad esempio ho un bicchier d'acqua per lui in una mano e una manciata di spaziatori di plastica nell'altra che gli passo quando ne ha bisogno. Oltre alla mia utilità per la ristrutturazione, preparo la tavola per lui ogni sera e gli servo il cibo d'asporto che ordino per noi, in modo che possa sedersi e cenare con me. Mangiamo sull'i-sola della cucina seduti su due sgabelli di legno. Poi pulisco tutto. Qualunque cosa per alleggerire il suo carico di lavoro.

Adesso è giovedì e nonostante l'enorme progresso che abbiamo fatto in questo bagno Sean è più scontroso e teso che mai. Risponde ai miei tentativi di conversazione con parole brevi e secche. A volte solo un monosillabo. Riesce quasi a cancellare la spettacolarità dei suoi muscoli sudati. Quasi.

Lo guardo mentre porta una grande piastrella al bordo della stanza. Trasuda pura potenza virile nella sua t-shirt nera umida di sudore, i jeans e gli stivali da lavoro. I capelli castano scuro sono in disordine da quando ci ha passato la mano sopra. E ha magnifici occhi azzurri penetranti, mandibola squadrata con un velo di barba e un collo forte. Ho studiato il suo collo da tutte le angolazioni e ha qualcosa di così virile e sexy. Quindi sì, l'ho mangiato spesso con gli occhi, nel nome di un desiderio non corrisposto. In un certo senso è divertente perché non mi devo preoccupare che il desiderio sia reciproco. Se fosse veramente interessato a me almeno sorriderebbe, una volta ogni tanto. Inoltre, Winnie non apprezzerebbe che ci provassi con il suo ex. Direbbe: "Ci sono un milione di uomini al mondo e devi scegliere il mio ex?". Imbarazzo, tensione e magari anche un po' di gelosia. Ho immaginato l'intero scenario e ho concluso che, tutto considerato, lui va meglio come il mio uomo di fantasia.

«Come vi siete conosciuti tu e Winnie?» gli chiedo.

«Raccolta fondi.» Due parole secche.

Comunque, sono curiosa. «Lasciami indovinare. Winnie ti ha vinto a un'asta di scapoli e ti ha portato a casa.»

Sean alza un sopracciglio, ma tiene gli occhi sul lavoro. «No.» *Monosillabo.*

«Dai, è una storia favolosa su "come ci siamo conosciuti".»

Lui continua a posare le piastrelle.

Nemmeno un monosillabo questa volta e io muoio dalla voglia di sapere. «Ok, ti assecondo. Per che cos'era la raccolta fondi? Come avete legato?»

Lui non si prende nemmeno la briga di alzare gli occhi. «Che importanza ha?»

«Sono curiosa. Sembrate una coppia insolita. Lei così

acculturata e sofisticata...»

«E io no» dice lui seccamente.

«Tu sei un tipo con i piedi per terra e molto pratico.»

Non lo nega, si limita ad allontanarsi e prendere un'altra grande piastrella. Appena torna, continuo: «Era una raccolta fondi per la galleria d'arte?».

Lui emette un sospiro virile. «Era una raccolta fondi per Habitat for Humanity. Li aiuto da anni a costruire case e il direttore mi aveva chiesto di aiutarlo con la raccolta fondi. Quindi l'ho fatto. L'ho incontrata alla raccolta fondi in un ristorante qui a Park Slope.»

«Che cos'è una raccolta fondi in un ristorante?»

«Il ristorante accetta di ospitare una cena in una serata normalmente fiacca. Io attiro i clienti e una parte dei profitti della serata va ad Habitat for Humanity. Funziona veramente bene. Alla gente piace uscire per una buona causa e il proprietario del ristorante apprezza avere il pienone in una serata fiacca. Funziona bene anche per ottenere nuovi clienti per il ristorante. Ne ho fatte parecchie.»

«Quindi Winnie era da quelle parti e ha deciso di partecipare?»

Lui ricomincia a posare le piastrelle. «Già.»

Sorrido, immaginando com'era andata. «Probabilmente eri tutto elegante, col tuo miglior sorriso sulle labbra, l'hai corteggiata con le tue maniere da gentiluomo e lei è stata sopraffatta.»

Sean esplode in una risata. *Ce l'ho fatta!* La prima risata che riesco a strappargli. I suoi occhi azzurri scintillano quando alza la testa. «L'hai centrato in pieno. Ha detto che ero un gentiluomo affascinante. Magari mi piaceva recitare la parte.»

«Ma non è quello che sei, in fondo in fondo, ed è il motivo per cui alla fine vi siete lasciati.»

Lui smette di sorridere. «Ci siamo lasciati perché lei se n'è andata per vivere con un altro uomo.»

Trattengo il fiato. «Ti ha tradito.»

La sua espressione diventa dura, la voce senza intonazione. «Ha detto che era una faccenda di cuore, non di corpo.»

«Non fa differenza! Oh, Sean, mi dispiace. È orribile.»

Lui torna a lavorare. «Non voglio parlare di lei.»

In effetti, sono veramente sorpresa che Winnie l'abbia fatto. È sinceramente una persona molto dolce. Colin deve averle fatto perdere completamente la testa. Immagino che l'amore operi in modi misteriosi. A me non è ancora capitato, ma sono giovane, c'è tanto tempo. Inoltre, sono nata il giorno di San Valentino e questo significa che un giorno avrò una storia splendida e romantica. Ne sono sicurissima.

Vedo la tensione nelle sue mascelle. Ora mi sento male per aver sollevato un argomento spinoso. Resto zitta, guardandolo lavorare. È impressionante il modo in cui posa tutto alla perfezione. Sarebbe facile fare un disastro. Deve tagliare un mucchio di piastrelle per farle combaciare in questo posto.

Mi complimento quando posa l'ultima piastrella d'angolo. «Ta-dah! Il pavimento è finito!»

Lui volta la testa per guardarmi, ancora inginocchiato sul pavimento. «No.» *Merda. Siamo tornati ai monosillabi.*

«Che cosa ti resta da fare?»

Lui si alza in piedi. «Stucco.» *Due sillabe.*

«E poi?» *Non c'è modo che riesca a rispondere con un monosillabo.*

Lui si pianta le mani sui fianchi, arcuando la schiena. «Devo veramente informarti dei miei programmi?»

La mia abilità nell'estrargli più parole è un tantino messa in dubbio dalla sua scontrosità. «Sono la tua aiutante.»

Lui sembra scettico, come sempre quando lo dico.

«E la considero una lezione di recitazione, per il personaggio di un abilissimo lavoratore edile.»

Lui si volta per aprire la finestra, ma non prima che riesca a cogliere un sorrisino sulle sue labbra. Gli piace che gli abbia fatto un complimento. Mi focalizzo sempre sulle microespressioni, i cambiamenti più piccoli che possono indicare un'emozione. Fanno parte degli strumenti del mio mestiere. I primi piani catturano proprio queste sfumature.

«Beh?» chiedo con un tono di voce scherzoso. «Che cosa viene adesso, capo?» Noto che parla di più quando lo chiamo così.

Lui sbuffa. «Quando lo stucco sarà asciutto, pitturerò le

pareti e poi installerò il WC, i mobili, le luci e la sbarra per gli asciugamani. Poi organizzerò l'installazione dei ripiani. Due lavabi separati in questo bagno.»

«Fantastico! Allora, quando demoliremo la cucina?»

Lui fa una smorfia. «*Noi* non demoliremo. *Noi* non faremo niente. *Io* demolirò la cucina questo fine settimana.»

«Posso usare un martello. Ho visto gente normale farlo in uno di quei programmi televisivi sulle ristrutturazioni.»

«Non hai niente di meglio da fare che non starmi addosso?» sbraita.

M'irrigidisco perché non mi ha mai sbraitato contro in questo modo da quando l'ho sorpreso trasferendomi qui. È sempre stato pacato, anche se parla quasi solo a monosillabi. «Sai, se avessi una scadenza molto ravvicinata per ristrutturare una casa, vorrei tutto l'aiuto possibile. Io sono gratis e tutto quello che fai è mostrarti scontroso.»

«*Io* sono quello che lavora gratis. *Tu* sei un'imbucata.»

«*Io* sono stata invitata.» Deposito gli spaziatori e il bicchiere d'acqua nel corridoio e me ne vado. Se dev'essere così ingrato, allora può scordarsi di avermi come aiutante e amichevole coinquilina tuttofare. Saremo come due navi che *non* si incrociano di notte.

«Josie.»

Mi volto. Sean è in corridoio. Non ha un'espressione amichevole, esattamente, ma almeno non è più minacciosa. Forse arriverà perfino a scusarsi per aver sbraitato con me. «Sì?»

«Demolirò la cucina sabato mattina. Scegli una stanza all'ultimo piano in cui dormire domani notte.»

Il suo tono è pacato, come se fossimo tornati a essere coinquilini, non persone fastidiose costrette a convivere, come sto cominciando a sentirmi. È lui quello fastidioso. Io non sono mai stata tanto servizievole in vita mia.

Gli rivolgo un saluto militare. Non voglio litigare con il mio irritante coinquilino/uomo delle mie fantasie/guardia del corpo non ufficiale. «Serviti da solo la cena stasera. Io vado in città per il mio corso di improvvisazione.»

Lui alza un sopracciglio. «A che ora torni?»

«Perché? Ho un coprifuoco?»

«No, non voglio semplicemente essere sorpreso da te che sbatti contro qualcosa di notte.»

«Rilassati, la lezione finisce alle otto e mezza. Non tornerò troppo tardi.» Vado verso le scale.

La sua voce profonda sembra vicina e mi sorprende. Quell'uomo si muove come un ninja. «Mandami un messaggio se vuoi che ti venga incontro alla fermata della metropolitana per accompagnarti a casa.»

Mi volto, sorpresa dalla sua gentile offerta. «Grazie, ma sono solo pochi isolati. Ho imparato perfettamente il modo veloce di camminare dei newyorchesi.»

«Tu di dove sei?»

È la prima domanda personale che mi fa da quando ci siamo incontrati quattro giorni fa. Forse sto cominciando a piacergli. «Sono cresciuta in tutto il mondo, viaggiando con mia madre per la sua carriera. È una cantante d'opera. Ma ho frequentato la NYU per il college, quindi sono abituata alle strade pericolose della città» dico ridendo.

Lui borbotta: «A più tardi.» E poi torna al lavoro.

Immagino di continuare a non piacergli, ma apprezzo la sua preoccupazione per la mia sicurezza. È veramente un'eccellente guardia del corpo ufficiosa. Dormo come un ghiro da quando sono arrivata qui. C'è qualcosa di così gradevole nel sapere che c'è un grosso corpo muscoloso proprio al piano di sopra. Per ragioni di sicurezza.

E qualche fantasticheria.

Sean

Sono stranamente fuori fase e non so perché. Ho finito di stuccare e ho deciso di smettere e cenare, quindi rientro esattamente nel programma che mi ero prefissato. Dovrei sentirmi bene mentre mangio gli avanzi di cibo tailandese sull'isola in cucina e guardo gli Yankees sul laptop. Sono riuscito a fare un mucchio di lavoro in circostanze estremamente difficili. Non è facile concentrarsi sul lavoro quando c'è in giro Josie, con tutta la sua allegra sensualità. Mi passo una mano sulla faccia. Diavolo. Mi manca veramente? Ha cenato con me ogni sera questa settimana, proprio qui, parlandomi delle sue audizioni e di tutti i diversi corsi di recitazione che ha frequentato. Io non avevo niente da dire, è tutta una novità per me, ma non sembrava preoccuparla. Mi sorride spesso. Quando sorride, i suoi occhi azzurri scintillano, le guance diventano rosate e c'è un calore che irradia da lei che illumina tutta la giornata.

Che cos'ho che non va? Finalmente ho una tregua dalla sua presenza e sono qui che immagino il suo sorriso.

Scuoto la testa e finisco la cena, bandendo dalla mente i pensieri riguardanti Josie. Dopo aver pulito il piatto e gettato la scatola del take-out, vado sul divano sul quale non ho potuto rilassarmi dal suo arrivo. È il mio posto. La sua coperta di pile rosa e il suo cuscino sono accuratamente ripiegati da un lato. Mi siedo dal lato opposto e mi distendo per guardare la partita sul laptop.

Il tempo passa lentamente e mi rendo conto che sto allungando l'orecchio per sentire se arriva. Sono le nove e un quarto. Ha detto che la lezione finiva alle otto e mezzo, quindi dovrebbe essere di ritorno verso le nove e mezzo, le dieci, a seconda di dove tengono il corso in città. Qui siamo solo a quaranta minuti dal centro.

Gli Yankees vincono nell'inning extra e lei non è ancora tornata. Sono le dieci e mezzo. Controllo il telefono. Nessun messaggio. Non mi manda molti messaggi dato che mi è sempre addosso, solo uno ogni sera per avvisarmi che la cena è pronta. È stranamente domestico, visto che non cucina lei. Tutto quello che fa è apparecchiare. Non è poi granché.

Dov'è? Dovrei mandarle un messaggio?

L'ultima cosa che voglio è far sembrare di essere preoccupato per lei. Ha detto che è abituata alla città. Certo, saprà ritrovare senza problemi la strada per Brooklyn. Non ha bisogno che diventi il suo cane da guardia. È l'unico motivo per cui lascio che mi resti intorno quando lavoro, anche se è una grossa distrazione. Sembra semplicemente più rilassata quando è vicina a me e penso che sia perché si sente al sicuro.

Metto da parte il laptop ed esco dalla porta d'ingresso, cercandola lungo la strada. Niente. Forse dovrei fare una passeggiata fino alla stazione della metropolitana?

Okay, farò una breve passeggiata. Non significa che sono preoccupato. Sono autorizzato a fare una passeggiata se ne ho voglia. C'è un sacco di gente che passeggia qui intorno. Continuo a controllare, ma nessuno di loro è la bellezza dai capelli rossi che di solito ignoro.

Torno a casa dopo la mia passeggiata fino alla stazione della metropolitana e mi rimetto sul divano, solo che questa volta non riesco a rilassarmi. Sono passate da un pezzo le dieci e mezza. Oramai dovrebbe essere a casa. Le manderò un messaggio. Metto da parte il laptop e prendo il telefono. Un momento. Voglio veramente superare questa soglia? Crederà che penso realmente a lei quando non c'è. E significherebbe che siamo qualcosa di più di semplici coinquilini. Le donne si fanno sempre delle idee su queste cose.

Do un'occhiata alla porta. Fanculo.

Pensavo che saresti già stata a casa. Dove sei? Lo cancello. Suona troppo preoccupato.

Dove tengono il tuo corso di improvvisazione? Cancello. Roba da stalker.

Ehi, si è rotta la metropolitana? Il dito si ferma sopra il tasto Invia. Abbastanza casuale? Si apre la porta e cancello immediatamente il messaggio.

Lei entra, arrossata in viso. Indossa una camicetta frivola viola chiaro, jeans aderenti e scarpe nere dal tacco alto. Ha i capelli sciolti, lisci con una leggera ondulazione, labbra rosa, piccoli orecchini a cerchio d'argento e gli occhi azzurri sono truccati con un colore scuro che le dà un sorprendente look drammatico. La vedo così spesso con solo una t-shirt e leggings, senza trucco che non posso fare a meno di notare ogni particolare. È affascinante senza che nemmeno ci provi, una futura stella del cinema cui non riesco a smettere di pensare. «Salve capo!»

Mi piace da morire quando mi chiama così. Non so perché. Forse è perché essendo il secondogenito ed essendo stato scartato come amministratore della ditta a favore del maggiore, non sono mai stato il capobranco. E tutti i miei istinti mi spingono a esserlo. *Stai calmo. Mantieni le distanze.* «Sei in ritardo.»

Lei sposta il mio laptop sulla mensola della profonda finestra a bovindo dietro il divano e si siede accanto a me. «Siamo usciti a bere qualcosa. La lezione è stata così divertente. Com'è stata la tua serata?»

Sembro un coglione iperprotettivo, ma non riesco a frenarmi. «Sono stanco e volevo andare a dormire, ma non riuscivo a rilassarmi perché sei tornata molto più tardi di quello che avevi detto.»

Lei spalanca gli occhi. «Stai *veramente* rovinando la mia beatitudine post Martini. Che c'è?»

«Avevi detto che la lezione sarebbe finita alle otto e mezza. Pensavo che saresti stata a casa un'ora fa.»

Lei appoggia la spalla contro di me. «Ohh, il mio cane da guardia era preoccupato?»

«Diavolo, sì. Ero preoccupato. Non hai senso pratico, tu sorridi, aperta e amichevole con tutti e torni a casa tardi la sera, da sola.»

Lei mi sorride, quel suo caldo sorriso solare con gli occhi azzurri che danzano di buonumore. «Ridicolo, penso che a questo punto tu possa ammetterlo. Comincio a piacerti. T'importa veramente di me.»

Io fisso diritto davanti a me. «Io... no. Guarda, ero solo preoccupato.»

Lei mi stringe il braccio, che si scalda sotto il suo tocco. Ha un profumo dolce, come di fiori e frutta. «È perché cominci ad affezionarti. Non è così brutto avermi in giro, giusto, coinquilino?»

Mi alzo di colpo, rendendomi conto dell'errore che ho fatto aspettandola alzato. Devo mantenere le distanze, e in fretta. Josie è fin troppo appetibile in questo stato, rilassata dopo i Martini. «La prossima volta manda un messaggio se hai intenzione di arrivare più tardi di quello che avevi detto.» Vado verso le scale, quasi correndo.

«Sean?»

Mi fermo, ma non mi volto. «Che c'è?» ringhio nel mio

tono più feroce.

Silenzio.

Mi volto per vedere se ho ferito i suoi sentimenti con il mio tono brusco. Ho disperatamente bisogno di allontanarmi.

Lei mi dà un'occhiata maliziosa. «Dovresti venire con me alla prossima lezione di improvvisazione. Penso che ti aiuterebbe a rilassarti.»

«Non ho tempo per le lezioni di improvvisazione.»

Lei si alza e viene lentamente verso di me, con i fianchi che ondeggiano. I miei sensi sono all'erta. La sua voce è un mormorio sensuale. «Però ti preoccuperesti di meno se potessi accompagnarmi a casa, vero?»

Deglutisco. «Non ero proprio preoccupato. Più che altro inquieto. C'è differenza.»

Lei si avvicina e mi sorride. «Ti ucciderebbe ammettere che comincio a piacerti?»

Sì, perché vorrebbe dire che siamo troppo vicini e la cosa mi scombussola. «Voglio solo che tu stia al sicuro. Winnie mi ha parlato di quel tizio a Los Angeles.»

Lei aggrotta la fronte. «Già.»

«Non permetterò a nessuno di infastidirti. Sei al sicuro qui. Solo, tienimi al corrente in modo che sappia quando cominciare a preoccuparmi.»

Lei si morde il labbro inferiore e in me il sangue scorre verso il basso. «Posso dirti un segreto?»

Esito, perché mi sembra troppo intimo, ma lei continua comunque.

«Da quando mi sono trasferita qui non ho più avuto un solo incubo su quell'uomo orribile. Mi sono sentita tranquilla, quindi grazie.»

«Uh, pre...» Non completo la parola, sorpreso. Mi ha avvolto le braccia intorno alla vita, stringendomi forte. Ha la guancia premuta contro il mio petto e, quando guardo in basso, sta sorridendo. Ah, diavolo.

L'abbraccio anch'io ed emetto un sospiro che sembra quasi di sollievo. È qui, è al sicuro e la sensazione di averla tra le braccia è sorprendentemente piacevole. Il sollievo diventa lentamente consapevolezza del suo corpo caldo premuto contro il mio. L'ho tenuta a distanza di braccio per tutta la settimana, e adesso sta risvegliando un desiderio che ho spietatamente represso con tutta la forza di volontà che possiedo. Non so che riserve mi restano.

Josie alza la testa. Ha gli occhi dolci. «Sono contenta che tu sia il mio coinquilino e la mia guardia del corpo non ufficiale.»

Non baciarla. «Quanto hai bevuto stasera?»

«Un Martini. Sufficiente solo per rendermi un pochino brilla.» *Un Martini non è niente.* Lei sospira e passa un dito sopra uno dei miei bicipiti, fissandolo. «Reggo poco l'alcol.»

Non baciare la ragazza ubriaca. «Non sei una gran bevitrice.»

«No, e tu?»

«Solo una birra ogni tanto.»

«Mmm...» Mi circonda il collo con le mani e poi scende lungo le spalle. «Hai dei muscoli così belli e mi piace tantissimo il tuo collo. È forte e muscoloso.»

Questa non l'ho mai sentita. «Grazie.» Stacco le mani da lei e faccio un passo indietro. «Buonanotte.»

«Aspetta!»

Mi fermo, anche se c'è una scintilla scherzosa nei suoi occhi che mi rende cauto.

Lei fa un passo e mi guarda da sotto le ciglia. Il territorio si fa pericoloso, ma sembra che non riesca a muovermi. «Nell'improvvisazione, una persona suggerisce qualcosa e poi l'altro deve dire, "sì, e..." e continuare sul tema. Vuoi provare con me?»

La mia voce è arrochita quando rispondo. «Non sono un attore.»

«Prova, dai. Tu dici: "Chiudi gli occhi, Josie".»

«Chiudi gli occhi, Josie.»

Lei chiude gli occhi, alzando il volto verso di me. «Sì, e baciami.»

Sono tentato, così tentato.

Lei apre gli occhi, fissando i miei per un intenso momento. Poi mi mette la mano sulla nuca, le dita nei capelli e mi tira giù verso di lei, con gli occhi che si chiudono. Non resisto. Curiosità? Solitudine? Puro e semplice desiderio? Non lo so e non m'interessa. Le nostre labbra si incontrano in un bacio dolce che mi fa solo desiderare di più. Non posso cedere a questo bisogno. È la cugina della mia ex e se ne andrà alla prima occasione.

Mi stacco, ma lei mi afferra la testa e mi tira indietro per un altro bacio. Il desiderio, forte, intenso, mi travolge. Approfondisco il bacio e poi al primo timido tocco della sua lingua sulla mia perdo completamente il controllo, tuffandomi famelico. Infilo una mano tra i suoi capelli, con l'altra le afferro il sedere e la premo contro di me. Un desiderio come non l'ho mai provato annulla il mio buon senso. Lei mi restituisce il bacio appassionatamente e mi perdo nel suo dolce calore.

Josie interrompe il bacio. «Non dovremmo. Sei l'ex di mia cugina. È strano.»

«Te ne andrai quando otterrai la tua serie.»

Lei mi sorrise radiosa. «Pensi veramente che l'otterrò?»

«È più facile pensare in questo modo.»

«Perché?»

Apro la bocca e la richiudo. Perché non voglio diventare intimo? Fanculo a Winnie. È lei che mi ha lasciato. E se Josie restasse?

Non sono pronto per una relazione. È questo il problema. Ma ho evitato il sesso fine a se stesso con lei. Qualcosa di Josie sembra pericoloso, come se potessi innamorarmi seriamente e non riprendermi più. È il motivo per cui devo mantenere la distanza. Non voglio bruciarmi di nuovo.

«Buonanotte, coinquilina.»

«Buonanotte, capo!»

Sorrido mio malgrado. Forse mi piace essere il capo. Per la prima volta mi chiedo se non dovrei dare vita a una mia impresa. Scuoto la testa. Guardate come mi ha contagiato Josie, l'eterna ottimista. Come se potessi mai lasciare l'impresa di famiglia. Sono radicato qui a Brooklyn con la mia famiglia e la nostra società. Josie andrà dove la porterà il lavoro. Ho fatto la cosa giusta andandomene. Non c'è un futuro per noi e una parte di me sa che un'avventuretta finirebbe per non essere abbastanza per me. Comincio già a tenere troppo a lei.

5

Sean

La mattina seguente mi presento al mio normale lavoro. È venerdì e il nostro amministratore, mio fratello Dylan, è tornato presto dalla sua luna di miele in Italia con sua moglie, Ariana. Il loro piano di fare una crociera lungo la costa è stato annullato dal maltempo che minacciava di durare parecchi giorni. Dylan sta realmente fischiettando mentre entra nel nostro ufficio. Immagino che il matrimonio gli faccia bene. Conosco bene Ariana. Era a scuola con me e viveva alla porta accanto. È sempre stata una ragazza silenziosa e timida, motivo per cui probabilmente non mi sono mai interessato a lei. Preferisco qualcuno con un po' più di fuoco, più energia, un'aperta cordialità che dice che è pronta a tutto. E *non* sto descrivendo Josie. Sto parlando in generale del tipo che mi piace di solito, quando ho tempo ed energia per una donna nella mia vita. E non è adesso.

«Ehi» dice Dylan, dandomi una pacca sulla schiena. «Pronto per tornare al lavoro vero?»

«Sì, quasi. Tornerò a tempo pieno lunedì. Oggi sono solo venuto a vedere come vanno le cose.»

Lui sorride, con gli occhi azzurri che scintillano, abbronzato e rilassato. Non ricordo l'ultima volta in cui *io* mi sono sentito rilassato. «Come va? Finirai presto la casa di Winnie?»

«Ci sto arrivando. Sto finendo il bagno, poi dovrò occuparmi della cucina e qualche ritocco qua e là prima dell'ispezione.»

Lui annuisce e va verso la cucinetta improvvisata su un tavolo nell'angolo dell'ufficio, ricominciando a fischiettare.

«Com'era l'Italia?»

«Fantastica!»

Lo raggiungo mentre prende una tazza di caffè. «Sei stranamente contento di essere tornato al lavoro? Non ti dispiace che la vacanza sia stata interrotta presto?»

«No. Abbiamo comunque avuto cinque giorni per vedere tutto ciò che volevamo a Roma e Venezia. Torneremo per un anniversario per vedere la costa. Magari con i figli. Un figlio per strada dà a un uomo tutta una nuova prospettiva.»

Inclino la testa. Al matrimonio hanno lasciato trapelare la notizia che Ariana è incinta. Desideravano entrambi dare subito il via a una famiglia. Dylan, il più vecchio di noi, ha sempre dato l'impressione di un futuro padre di famiglia. Certo, sembra un duro, va in giro con la sua Harley e ha un tatuaggio tribale progettato appositamente per mettere in evidenza il suo bicipite possente, ma si è sempre occupato di noi fratelli minori. Decisamente il tipo adatto per diventare padre. Lo fisso, con uno strano senso di pressione al petto. Non è che lo invidi. Immagino di aver pensato che sarei stato anch'io a quel punto della vita. Ho trentun anni, provengo da una famiglia numerosa e amorevole. Pensavo veramente che sarebbe andata così, quando mi sono impegnato con Winnie. Sposato, una casa, magari un cane, figli in un vicino futuro. Avevo già avuto la mia parte di avventure. E parlando di...

I miei fratelli arrivano in gruppo, come se si fossero incontrati per strada e avessero parlato un po' prima di entrare: Jack, Connor, Brendan e Garrett. Nel vicinato, la gente ha sempre detto che era facile riconoscere un Rourke perché assomigliamo tutti a nostro padre. Siamo tutti sul metro e ottantacinque, figura atletica, folti capelli castano scuro, zigomi alti e mandibola squadrata. Abbiamo ereditato tutti gli occhi azzurri di mamma, eccetto Garrett. I suoi sono acquamarina, come quelli di papà.

Jack sembra esausto, come se avesse avuto un fine settimana selvaggio. È un tipo tranquillo, ma è meglio non lasciarsi imbrogliare, perché probabilmente sta solo escogitando un suo subdolo piano per il prossimo scherzo. E gli piacciono le feste. È lui quello che incita tutti a raggiungere un altro livello di pazzia. Poi viene Connor. I miei genitori dicono sempre che Connor era un tale angioletto che li aveva spinti ad avere un quinto figlio, Brendan, e lui li aveva sconvolti, tanto era un diavoletto dispettoso. Garrett è il più giovane, a ventitré anni ed è super muscoloso, per via di tutto il suo allenamento, quindi lo chiamiamo *Beast*.

«Dopo-sbronza?» chiedo ad alta voce a Jack, giusto per infastidirlo. I miei fratelli e io ci sfottiamo sempre a vicenda.

«Mi piacerebbe» dice. «Il vicino del piano di sopra ha preso un cagnolino che non smette mai di abbaiare. Mi tiene sveglio tutta la notte.» Si infila la mano tra i capelli. «Dovrò trasferirmi. Ehi, posso venire a casa tua. Hai la casa di Winnie tutta per te, giusto?»

«È un cantiere.»

«Non mi interessa. Aggirerò i detriti.»

Non voglio che Jack si trasferisca. Vorrà Josie. La vorrebbe qualunque uomo e non riuscirei a guardarli mentre si accordano per fare sesso, o dopo, ed è solo quello che interessa a Jack. «C'è già qualcuno e non c'è più spazio.»

«Chi?»

«Nessuno che tu conosca.»

Lui sogghigna. «Hai portato una donna nella casa della tua ex? Winnie lo sa? Ah. Un perfetto "vaffanculo".»

«Non è un "vaffanculo". È sua cugina e le ha detto Winnie che poteva stare lì.» Mi rendo immediatamente conto dell'errore che ho fatto spiegando la situazione. Jack è troppo acuto.

«Quindi *è* una donna.»

Sbuffo. «Sì.» Aspetto che mi dia il tormento. I miei fratelli minori mi ripetono sempre che devo risalire a cavallo, così finalmente mi rilasserò. Non ho bisogno di una donna. Ho bisogno di finire la ristrutturazione.

Jack scuote la teta. «Hai permesso a *lei* di stare con te, ma non a tuo fratello? Vergogna!»

So che sta cercando di rompermi le palle, ma non riesco a evitare una fitta di senso di colpa. Ci hanno educati a coprirci sempre le spalle. «È una situazione particolare. Ha bisogno di sentirsi al sicuro. Tu no. Inoltre, probabilmente se ne andrà tra una settimana o due.»

«Potrò trasferirmi allora?»

«No. Ci saranno le ispezioni e poi sarà messa in vendita.»

Jack non vuole saperne di restare zitto. «E se io e la cugina di Winnie ci scambiassimo di posto? Lei può restare a casa mia. È sicura e probabilmente non sentirebbe nemmeno il cane al piano di sopra. È un problema per me solo perché ho il sonno leggero.»

«No, deve restare lì. Niente scambi.»

Lui guarda i nostri fratelli che, me ne rendo conto solo adesso, stanno ascoltando. «Che cos'ha di speciale?» dice. «Niente scambi. *Deve* restare lì.» Sogghigna.

Negare, negare sempre. «Niente.»

«Tu l'hai conosciuta?» chiede Jack a Connor.

«È la prima volta che ne sento parlare» dice Connor sorridendo.

Si volta verso di me, con uno scintillio malvagio negli occhi. «Allora, Seanie-boy, com'è la tua nuova coinquilina?»

Io alzo una spalla. «Non saprei.»

Jack sorride come una iena e non è mai una buona cosa. «Avrai di certo notato *qualcosa* di questa donna che *deve* restare lì?»

Faccio finta di niente, rivelando solo i tratti più ovvii che tutti noterebbero. «È un'attrice, capelli rossi, servizievole.»

Jack si butta. «In che senso è servizievole?» Scambia un'occhiata divertita con i miei fratelli.

Sento il calore salirmi sul collo. Perché l'ho detto? Sembra una cosa sessuale. «Niente del genere. Mi sta aiutando con la ristrutturazione.»

Lui china di lato la testa. «Allora la cugina di Winnie sa qualcosa di costruzioni?»

«No, cerca solo di aiutarmi. Veramente. Non so perché.»

Prendo una tazza di caffè, voltando loro le spalle e sperando che lascino perdere. Bevo un sorso, ignorando il fatto che la stanza è silenziosa e riesco a sentire gli sguardi curiosi dei miei fratelli.

«La stai pagando per il suo aiuto?»

Mi volto a guardare Brendan. «No.»

Lui alza una mano. «Ah. Sta veramente cercando di aiutarti perché le piaci.»

Non importa se lei mi vuole o no. Ciò che importa è che io non mi bruci. «Non importa» borbotto, con le guance che stanno diventando rosse. Spero che la barba copra i segni evidenti dell'imbarazzo. «Oggi sono in ferie per lavorare alla ristrutturazione, ma volevo venire a vedere come vanno le cose. Quali sono le ultime notizie?» Mi rivolgo a Dylan, ansioso di cambiare argomento.

«Okay» dice Dylan. «Ora che...»

Jack lo interrompe. «Gente, abbiamo un problema.»

I miei fratelli parlano tutti insieme. «Dobbiamo andare tutti a casa di Sean stasera.»

«Sì.»

«Dobbiamo conoscerla.»

«Sean sta arrossendo, cazzo!»

Alzo una mano. «Nessuno verrà a casa mia! Devo lavorare e probabilmente lei sarà fuori.» Mi sto arrampicando sui vetri.

«Domani sera allora» dice Jack.

Stringo i denti. «Esce tutte le sere.»

Jack aggrotta le sopracciglia. «Dove va?»

Guardo i miei fratelli, che sembrano un po' troppo interessati alla difficile situazione in cui mi sono infilato. «Diversi posti. Che importanza ha?»

Jack sogghigna, rivolgendosi ai miei fratelli. «Qualcuno è un po' troppo sensibile riguardo a questa coinquilina, l'attrice con i capelli rossi.» Ridacchiano tutti. Poi Jack torna a rivolgersi a me. «Assomiglia a Winnie?»

«Per niente, grazie al cielo» dico con un po' troppo entusiasmo e faccio rapidamente marcia indietro. «Non che le abbia confrontate. Possiamo per favore parlare d'altro?»

Si inserisce Dylan. «Sto pensando di vendere la mia Harley per comprare un'auto.»

«No-o-o!» protesta Jack.

«Idea blasfema!» dico io. Dylan guida una Harley da quando aveva diciassette anni. Questa è la seconda e la tiene in condizioni perfette. Dylan è sinonimo di duro-che-guida-una-Harley.

Lui sorride, con gli occhi azzurri che scintillano di buonumore. «Gente, non posso mettere un bambino sul sedile posteriore della moto.»

«Prendi un sidecar per la moto» dice Brendan.

«Per un neonato?» chiede incredulo Dylan. «Avete mai sentito parlare di seggiolini per le auto?»

«Perché non tieni la moto *e* compri un'auto?» chiedo. È la fine di un'era se Dylan diventa uno di quei tipi da stationwagon e penso che l'abbiamo presa tutti un po' sul personale. Lui è il nostro esempio di tipo tosto e rilassato.

«Non avrebbe senso» dice Dylan. «Probabilmente avremo bisogno di due auto, in modo che Ariana e io possiamo portare in giro il bambino in tutta sicurezza quando ne avremo bisogno. Ragazzi, è ora.»

Chino la testa. «Un minuto di silenzio per la fine di un'era.»

Dylan scoppia in una risata. Alla faccia del momento solenne.

«Posso avere io la tua moto?» chiede Beast.

Dylan gli fa un cenno. «Fammi un'offerta.»

Discutono per qualche minuto. Garrett avrà la sua Harley in cambio della sua Mazda nera sportiva con un sistema audio da morirci dietro. Non è un cattivo affare. E almeno non saremo costretti a vedere Dylan che guida una stationwagon. In men che non si dica avrà un corpo da paparino, jeans cadenti e farà battute sdolcinate.

Dylan ci dà la gradita notizia che abbiamo ottenuto tutti i permessi e che quindi possiamo cominciare a lavorare sulla ristrutturazione dell'ex-scuola elementare per trasformarla in uffici commerciali. È il primo progetto di sviluppo della Rourke Management. I miei fratelli e io siamo co-proprietari della Byrne Construction, l'impresa originale e anche del nuovo ramo di sviluppo immobiliare. Quindi siamo tutti coinvolti nella sua riuscita. La parte più bella di questo nuovo progetto è che installeremo anche delle nuove attrezzature per il campo giochi accessibili alle sedie a rotelle (e che resteranno comunque sempre divertenti da usare per i ragazzini senza sedia a rotelle) e che il resto del terreno della proprietà diventerà un parco. Fa tutto parte della nostra nuova iniziativa di sviluppo, inserire parchi e campi gioco dovunque sia possibile. Vogliamo restituire qualcosa alla comunità, costruendo dei veri e propri quartieri di vicinato. Desideravo da tanto tempo entrare nel campo immobiliare e questa nuova impresa mi entusiasma.

Arriva il resto della squadra e mi attardo, quando Dylan mi fa segno di aspettare mentre controlla la lista dei compiti per la giornata. Conclude e tutti vanno ai pickup per andare in cantiere. Restiamo noi due.

Una volta che siamo soli, mi dice: «Quando arriverà il bambino, mi prenderò un po' di tempo. Tu sarai il mio vice quando non ci sono io. Per te va bene?».

«Sì, certamente.» Dylan e io siamo molto uniti, ci sono solo due anni di differenza tra di noi e abbiamo condiviso una stanza, crescendo. Lui si appoggia sempre a me.

Mi afferra la spalla. «Grazie, lo apprezzo veramente. Sei il mio braccio destro. Sarò più tranquillo con te al comando. E mi assicurerò che tu possa firmare tutti i documenti finanziari.»

«Ti coprirò sempre le spalle. Non c'è bisogno di parlarne.»

L'orgoglio mi fa camminare un po' più diritto. L'impresa di famiglia è importante per me e significa molto che mio fratello sappia che può contare su di me.

～

Quando arriva il pomeriggio, mi sento ottimista riguardo alla ristrutturazione. I tizi dei ripiani si sono presentati puntuali e ora il bagno al quarto piano è finito. Devo solo lasciare che la colla asciughi per ventiquattrore. Sto facendo grandi progressi anche nel bagno del terzo piano. Se lavorerò fino a tardi stasera, penso di poter cominciare a demolire la cucina domani mattina presto.

Sono contento di essere occupato. È più facile ignorare l'attrazione per Josie, che è ancora la mia ombra. Chi voglio prendere in giro? È impossibile ignorarla, specialmente quando continua a farmi complimenti per il mio collo, le spalle e la schiena. "Linee possenti di perfezione muscolare" è probabilmente la mia frase preferita. Immagino che sia il suo modo di flirtare, o forse vuole solo ottenere una reazione. Comunque sia, non ho intenzione di abboccare. Ho del lavoro da fare e zero tempo per una donna, anche se è sexy e costantemente a portata di mano.

Finisci il lavoro e volta pagina.

Diavolo, non avrei dovuto baciarla anch'io. È stato un errore e chiaramente l'ha incoraggiata a volere di più da me. Niente da fare. Non ho tempo per relazioni complicate.

Prendo una scatola che mi è appena stata consegnata e la porto al quarto piano. È l'applique di ricambio che aspettavo per sostituire quella incrinata nel bagno al quarto piano. La porta della camera accanto è aperta e intravedo Josie che sistema il cuscino e la coperta sul pavimento mentre parla al telefono in tono allegro. Le ho detto di sistemarsi qui prima del lavoro di demolizione della cucina.

«Va tutto bene» dice. «Nessun problema.» E poi dice qualcosa che mi blocca. «Ha finito il bagno all'ultimo piano. Quello al terzo piano è venuto benissimo, le pareti sono pitturate, il WC e i mobiletti sono già installati.»

Mi avvicino, attento a restare nascosto.

«Mmm-mmm. Deve solo aggiungere le luci e la sbarra per gli asciugamani. Poi chiamerà quelli dei ripiani. Comincerà la cucina domani mattina.» Fa una pausa, ascoltando. «Non lo so. Lo scoprirò. Penso che tornerà al suo solito lavoro lunedì.» Pausa. «Sì, certo che ti terrò informata!» Poi continua parlando della mancanza di audizioni e di come sia difficile aspettare di avere una risposta per l'episodio pilota.

Mi paralizzo. Adesso so il vero motivo per cui Josie è qui: per spiare per conto di Winnie. E pensare che cominciavo a ritenerla una buona compagnia. Non mi meraviglia che mi sia stata addosso tutta la settimana. Ha agito alle mie spalle, proprio come Winnie. Che cos'ha questa famiglia? Sono viscide come anguille.

Josie saluta ed esce dalla stanza.

«Chi era?» Anche se sono sicuro di saperlo, voglio che lo ammetta.

Lei sobbalza e si mette una mano sul cuore. «Ti stavi nascondendo?»

«Mi stavi spiando?»

Le sue guance diventano rosse. «Winnie voleva solo essere messa al corrente dello stato dei lavori.»

«Ti ha chiesto di spiarmi. È il vero motivo per cui sei qui, vero?»

Lei fa una smorfia, con un'espressione colpevole da morire. «Entrambe le cose. Avevo bisogno di un posto dove stare e lei voleva che le riferissi come procedevi coi lavori.»

«Perché non me l'ha semplicemente chiesto lei stessa?»

«Ti ho detto che era stufa dei tuoi mugugni.» Davanti alla mia espressione irritata, aggiunge: «Ho detto solo belle cose di te!».

Parlo a denti stretti. «Perché ci sono *solo* belle cose da dire. Pensavo che si fidasse che avrei fatto un buon lavoro.»

«Si fida! Completamente! Solo che il suo fidanzato le sta facendo pressioni perché venda, quindi stava prendendo in considerazione di assumere un altro costruttore se il lavoro fosse risultato troppo gravoso per te. Sa che hai un secondo lavoro.»

Sono così furioso che riesco a malapena a parlare. Mi sto *uccidendo* per completare il lavoro. «Non cercare di far sembrare che fosse per rendermi le cose più facili. Vuole che me ne vada e non vuole sentirsi in colpa per avermi licenzia-to.» Specialmente dopo il modo in cui mi aveva lasciato, aggiungo tra me e me. Era stata un'orribile brusca sorpresa. Winnie sa di essere nel torto per quanto mi riguarda. Il minimo che poteva fare era di lasciarmi finire quello che avevo cominciato.

Josie si avvicina. «Mi dispiace. Non pensavo che fosse un

problema dato che avevo intenzione di dire solo cose belle di te. Non metterei mai in pericolo il lavoro di qualcuno, a meno che fosse un criminale o roba simile.»

«Wow, grazie tante. Mi fa sentire molto meglio.»

«Io non voglio che te ne vada in tempi brevi. Non dormo così bene da un anno.»

Arriccio le labbra. «Bene, purché tu riesca a dormire la notte.» Stringo gli occhi quando mi viene in mente che cosa stava facendo. «Mi hai rallentato di proposito con la tua costante... cordialità.» Mi rifiuto di ammettere che è la sua sensualità che è una distrazione. Sono troppo arrabbiato con lei. Mi ha tradito, esattamente come sua cugina. Avrei dovuto capire che stavano agendo insieme alle mie spalle. Non posso nemmeno buttarla fuori perché ha più diritto di me di restare qui. È la casa di sua nonna. Ma vorrei tanto poterlo fare.

«Sean...»

Alzo una mano. «Finirò il lavoro e poi spero di non vedere mai più nessuna delle due.»

«Aspetta. Dai.»

La ignoro e vado nel bagno. *Finisci il lavoro. E poi vattene.* Apro la scatola e ne tolgo con attenzione l'applique di vetro smerigliato.

«Sean, ti giuro che non stavo cercando di rovinare il tuo lavoro.»

Ovviamente mi ha seguito qui. Deve riferire su ogni dannata cosa che faccio.

«Vattene» sbotto.

«Ti aiuterò a finire prima il lavoro. Vuoi che svuoti gli armadietti della cucina? Liberare lo spazio per la demolizione? Tutto quello che vuoi.»

Mi volto verso di lei, tenendo la voce bassa e controllata. «Ciò di cui ho bisogno è che te ne vada.»

Lei si mordicchia il labbro e io mi concentro sull'installazione dell'applique. Riesco a sentirla che mi osserva, come sempre, solo che questa volta non è lusinghiero. Se la ignorerò abbastanza a lungo, si annoierà e se ne andrà. Anche se, finora, non c'è stato niente che le abbia impedito di starmi vicino.

Ho parecchie buone ragioni per mantenere le distanze: mi ha spiato, se ne andrà presto e non ho bisogno di scottarmi un'altra volta. Con lei ho chiuso.

«Io penso ancora che tu sia un abilissimo lavoratore edile.»

Mantengo l'attenzione sul mio lavoro, stringendo le labbra per non pronunciare le cose sgradevoli che vorrei dire. Sono così infuriato che non riesco nemmeno a guardarla.

«Svuoterò la cucina, okay? Lì non posso fare casini. Metterò semplicemente tutto nelle scatole. Hai le scatole, vero?»

Le rivolgo uno sguardo omicida. *Certo, lascerò perdere tutto per trovarti delle scatole. Poi potrai riferire a Winnie come vanno piano i lavori.*

Lei deglutisce visibilmente. «Troverò qualcosa.»

Finisco il lavoro e noto che al piano di sotto c'è silenzio. Sono sicuro che stia cercando di rendersi utile, perché è quello che fa, che io voglia o no. Non andrò a controllare, nonostante la sua disastrosa storia con la cucina. Sarà tutto demolito domani, quindi come potrebbe peggiorare le cose?

Quando finisco il bagno del terzo piano, ho escogitato un sistema per liberarmi di Josie. A lei piace pensare a me come a una guardia del corpo, ma non ho più voglia di essere il suo scagnozzo. Non che abbia mai fatto altro che esistere nel suo spazio. Prendo il telefono e chiamo mia cugina Silvia. Lei viene dalla parte regale della famiglia, è una principessa che vive in città con suo marito e... indovinate? Lei ha una guardia del corpo. Regole di palazzo. Lui vive in un appartamento vicino a lei e la segue tutte le volte che esce. Se riuscirò a convincere Silvia a permetterle di dormire da lei, Josie si sentirà al sicuro con una vera guardia del corpo vicina. Una parte di me non vuole lasciarla senza protezione, anche se voglio appiopparla a qualcun altro.

«Salve!» mi risponde calorosamente Silvia. È la persona più gentile che abbia mai conosciuto. È merito suo se le due parti della famiglia si sono riconciliate. Aveva preso contatto con la mia famiglia quando studiava qui a Yale e ha fatto la sua magia, invitandoci tutti a Villroy per il matrimonio del suo gemello, Adrian.

«Ehi Sil, come va?»

«Bene, grazie. Sono tornata ieri in città. È stato un bel matrimonio, vero?»

«Splendido. Io, uhm, mi chiedevo se potessi farmi un favore.»

«Certamente.»

«Non vuoi sapere di che cosa si tratta?»

«Farò qualunque cosa in mio potere per aiutare la famiglia.»

Così maledettamente gentile. «Lo apprezzo veramente. Ti avevo detto che sto ristrutturando la casa di Winnie nel mio tempo libero e adesso ho una scadenza ravvicinata? Allora, la cugina di Winnie si è presentata qui circa una settimana fa, per dormire sul mio divano. Ha bisogno di sentirsi al sicuro, con una guardia del corpo. Pensi che potrebbe stare da te, visto che hai una guardia? Mi sta rallentando e ho bisogno di concentrarmi.»

«Non capisco. Se ha bisogno di una guarda, che cosa ci fa lì?»

Mi spia, mi distrae, mi tenta. Non posso dirlo senza farla sembrare una persona che non vorresti che dormisse da te. Devo *vendere* i punti a suo favore. «Immagino che Winnie pensasse che andassi bene come guardia, perché sono grosso e protettivo. Josie ha solo bisogno di sentirsi al sicuro, ma non credo di essere io la persona giusta. Non sono addestrato come guardia e sono occupato.»

«C'è qualcuno che la minaccia?»

«No. Ha solo avuto una brutta esperienza con un tizio aggressivo.»

«È ancora in pericolo a causa sua?»

Mi strofino la nuca. «No. Lui è a Los Angeles. Ma è vulnerabile. Starebbe molto meglio a casa tua, con la tua guardia.»

«Mmm...»

«Sil, non può restare qui. È una distrazione.»

«Quindi, prima è vulnerabile e adesso è una distrazione. Qual è il vero problema?»

Esito, non voglio ammettere la verità.

«Sean, non posso aiutarti se non conosco tutta la storia. È perché è la cugina di Winnie?» La sua voce gronda simpatia. «Ti ricorda Winnie e ti riporta cattivi ricordi? So che a volte è difficile dimenticare un'ex. Specialmente una che ti ha tradito...»

Non sopporto la sua compassione. «Mi sta spiando! La mia ex l'ha mesa qui per fare rapporto sui miei progressi. Lo ha ammesso!»

«Wow, ti ha veramente fatto arrabbiare. Non credo di averti mai sentito così scosso, nemmeno quando Winnie se n'è andata e, se mai c'era un momento per arrabbiarsi, era quello.»

Stringo le labbra. Alla faccia dello sperare che Silvia mi rendesse la vita più facile. «Guarda, non posso buttarla fuori. Questa non è casa mia. Non mi puoi aiutare?»

«Portala qui a cena domenica. Chiacchiereremo e la presenterò a Leon per vedere se è una guardia quello che vuole veramente.»

«Grazie.» *Finalmente* mi sta aiutando. Sono sicuro che Leon apparirà adeguatamente minaccioso, con il suo auricolare, l'espressione impassibile e l'arma nella fondina. Quella è vera protezione. E io non sarò tentato da una donna di cui non mi posso fidare. Sono già stato scottato da sua cugina.

«Nessun problema» dice allegramente Silvia. «Ci vediamo presto.»

La ringrazio di nuovo e chiudo la chiamata, con un peso in meno sulle spalle. Adesso mangerò un boccone e mi prenderò la serata libera prima del duro lavoro di demolizione di domani. Il problema sarà risolto prima di lunedì. Scendo in cucina, aspettandomi un disastro, ma è in ordine. Ci sono scatole allineate accanto al divano dall'altra parte della stanza, chiaramente etichettate con il pennarello nero. Ha svuotato gli armadietti per me.

Lei non c'è. Mi cadono le spalle. Sento veramente la sua mancanza?

Mi riscuoto e vado al frigorifero, nel caso ci siano degli avanzi. Ieri sera avevamo diviso un piatto di pasta. Niente pasta, ma c'è la cena che mi aspetta: un grosso sandwich al pollo avvolto nella stagnola con un'etichetta che segnala il contenuto e dice "la tua cena". Qualcosa si gonfia nelle vicinanze del mio cuore. È stato un pensiero veramente carino.

Prendo il mio sandwich, lo metto sull'isola e mangio. C'è troppo silenzio. Mi sono abituato a cenare con la sua conversazione vivace. Il senso di colpa si fa strada lentamente. Non è colpa di Josie se Winnie l'ha messa in questa difficile posizione, chiedendole di spiarmi. Sono stato duro con Josie, sfogando con lei la mia rabbia per Winnie. E adesso è uscita e non so dov'è andata. Non so a che ora tornerà o se è al sicuro. Diavolo, mi ha fregato. Ho fatto tutto il possibile per tenerla a distanza e lei è comunque riuscita a insinuarsi. Non voglio preoccuparmi, chiedendomi se è al sicuro. Non voglio provare sentimenti per nessuna donna. Voglio solo tenere la testa bassa, fare il mio lavoro, avere successo e poi penserò a trovare qualcuno. Andrà tutto meglio quando Josie vivrà con Silvia e la sua guardia. E comunque, mancano solo un paio di settimane prima che Josie voli via per il suo nuovo lavoro.

Finisco la cena, che non ha il buon sapore che avrebbe normalmente perché non posso fare a meno di pensare che ho scacciato Josie. Ora, tutto quello che voglio è che ritorni per poter smettere di chiedermi se è al sicuro. Prendo il laptop dal piano di sopra e torno sul divano, spingendo via una scatola con il piede. Ci sono solo quattro scatole per le suppellettili della cucina, dato che era solo la mia roba. Cerco un film, ma non c'è niente che mi attiri. È venerdì sera. Dovrei uscire. Mi merito una serata fuori dopo tutto quel duro lavoro.

Si apre la porta ed entra Josie, con un sacchetto marrone in mano. «Ho preso della birra, coinquilino.»

Sorrido. Che sollievo! Sta bene e ha portato un'offerta di pace. «Grazie, e grazie anche per aver impacchettato la cucina e per la cena. È stato un grande aiuto.»

«Prego. Ho mangiato io la pasta, ma ho pensato che avessi bisogno di proteine per mantenere tutti quei muscoli.»

Gonfio il petto a quel complimento. Immagino di essermi abituato ai suoi complimenti.

Josie va in cucina e appoggia il sacchetto sull'isola. La

seguo, guardandola mentre prende due birre e mette il resto in frigorifero.

Si volta verso di me. «Temo di aver messo l'apribottiglie nelle scatole.»

«Nessun problema.» Faccio leva sul bordo del ripiano dell'isola, aprendo la bottiglia, e gliela passo. Poi ne apro un'altra per me.

«Allora, pace?»

«Sì. Sono stato duro con te prima, ero più arrabbiato con Winnie che con te.»

Lei fa un gesto indifferente. «No, va tutto bene. Avrei dovuto essere sincera e dirti subito che Winnie mi aveva chiesto di riferirle i tuoi progressi.»

«Ti ha messo in una posizione difficile. Comunque, per favore, non rifarlo, okay? La terrò aggiornata io.»

«Non avevo intenzione di farlo. La cosa non mi piaceva, anche se stavo solo dicendo cose positive.»

«Okay, mi è passata. Vuoi vedere un film?»

«Certo!»

Dopo un breve dibattito sui meriti delle vecchie commedie romantiche in bianco e nero (le sue preferite) e i film sui supereroi (i miei), restiamo d'accordo su un thriller. Prima di premere Play, le dico: «Mia cugina Silvia mi ha invitato a cena domenica sera. Ha detto che sarà lieta se verrai anche tu».

Lei sgrana gli occhi. «Intendi dire la principessa Silvia?»

Mi metto comodo sul divano accanto a lei. «Sì. Ti piacerà. È veramente gentile.»

«Wow. Cena con una principessa. Mi piacerebbe. Le hai parlato di me?»

«Sì, ho menzionato il fatto che avevo un'ospite.»

«È stato carino da parte sua invitarmi.»

Ignoro la fitta di senso di colpa per il vero motivo della cena, cioè rifilarla a un'altra guardia. «Sì, Silvia è così.»

Faccio partire il film e metto il laptop sopra alcune scatole perché possiamo vederlo entrambi. Non dovrei sentirmi in colpa. Sto mandando via Josie per il suo bene. Se non è qui non le risponderò bruscamente e sono sicuro che si sentirà più tranquilla con una guardia armata, addestrata a respingere gli assalitori, invece che con me. Io non sono per niente addestrato, salvo difendermi dai miei fratelli o, se capitava, dal bullo al campo giochi. Josie ha bisogno di sentirsi sicura ed è esattamente così che sarà con Silvia.

Mi sorride e il mio petto si scalda. «Sono contenta che siamo tornati in carreggiata.»

«Sì, certo» borbotto, bevendo un lungo sorso di birra.

Poi mi concentro sul film. Non sul suo profumo dolce, fiorito e fruttato, non sul suo sospiro soddisfatto e decisamente non sulle sue labbra rosee intorno al collo della bottiglia. Non sono così debole.

6

Josie

Sono ancora un po' perplessa sul perché la principessa Silvia vorrebbe includermi in una cena di famiglia, ma ho concluso che dev'essere la versione di Sean di un'offerta di pace. Vuole presentarmi una persona interessante e anche passare del tempo con me fuori dalla nostra abitazione, che è una zona di costruzione. Arriverei perfino a dire che Sean e io adesso siamo amici. Dopo il film di venerdì sera, abbiamo parlato di tutti i buchi nella trama e abbiamo riso un sacco. È stato veramente divertente, con un gran senso dell'umorismo. Ieri sera stava lavorando alla cucina, ma poi mi ha invitato a raggiungerlo per una cena veloce alla pizzeria qui vicino. La versione rilassata di Sean è irresistibile.

Lo ammetto. Vorrei altri momenti così, vorrei più Sean. C'è stato un solo bacio, veramente bello, e stasera sembra un nuovo inizio, con l'invito a una cena con la sua famiglia. Non posso non pensare che sia una specie di appuntamento e che potrebbe succedere qualcosa tra di noi. So che è strano, dato che lui è l'ex di Winnie, ma lei ha rinunciato a ogni diritto su di lui quando l'ha tradito. Un affare di cuore è altrettanto brutto quanto un affare di sesso. Ha ceduto ai propri sentimenti per Colin prima di rompere con Sean. È una cosa sbagliata.

Prendo un fazzolettino di carta dalla borsa, tampono il rossetto rosso e aggiungo un secondo strato. Indosso un miniabito carino, nero a pois con una fila di bottoncini di perla sul davanti. E ho la borsetta rossa, perfettamente in tinta con le scarpe a tacco alto di camoscio rosso. Mi piace usare tocchi di colore rosso in tinta con i capelli. Getto il rossetto nella borsa. Okay, sono pronta per la cena con il mio coinquilino. E potenzialmente per qualcosa di più.

Chiudo la borsa e mi viene in mente che me ne andrò presto. Potrei avere una risposta entro venerdì riguardo l'episodio pilota. E non è giusto nei suoi confronti cominciare qualcosa con Sean. Ho la sensazione che sia a un punto della sua vita in cui sta cercando qualcosa di più serio. Ha senso. È quello che aveva di recente con Winnie ed è una persona con i piedi per terra, sulla trentina. Lo capisco. La maggior parte degli uomini che incontro sono immaturi. Già, ma non è che Sean si trasferirebbe mai a Los Angeles con me ed è dove probabilmente finirò io. Lui è radicato a Brooklyn, con la ditta di costruzioni della sua famiglia e l'impresa di sviluppo immobiliare. Non esattamente il tipo di lavoro che può trasferire. E so per esperienza personale che le relazioni a distanza sono difficili. Ci avevo provato con il mio ragazzo del college e le cose erano andate a carte quarantotto in due settimane. C'è da dire che lui si era messo immediatamente con la sua coprotagonista in una rappresentazione teatrale a Londra. Per gli uomini, lontano dagli occhi significa lontano dal cuore.

Okay, quindi amici. Nessun problema.

Scendo e trovo Sean che mi aspetta al piano del salotto, dove dorme, e colgo la sua occhiata di aperta ammirazione prima che la sua espressione torni attentamente impassibile. Sento il cuore che batte più forte, il respiro che accelera. Lui non sa che sono una studiosa delle emozioni umane, parte del mio repertorio di attrice. È vestito bene, con un'elegante camicia azzurro chiaro, pantaloni beige e scarpe marroni. È anche ben rasato ed è la prima volta. Ha gli zigomi alti e la mandibola squadrata. Un viso classicamente bello. I suoi capelli castano scuro sono ancora umidi dopo la doccia. Deve averla fatta all'esterno perché ho occupato io quella al piano di sopra.

Sono attratta da lui, come sempre, e mi avvicino fino a invadere il suo spazio personale. Mi sento abbastanza a mio agio facendolo quando non mi sta guardando storto e voglio stargli più vicino. Dalla mente spariscono tutti i motivi per mantenere le distanze. «Stai bene» gli dico.

Lui si schiarisce la voce e si ficca le mani in tasca. «Grazie. Anche tu.»

«È arrivata l'auto?» Sua cugina ha mandato il suo autista a prenderci. Dev'essere bello far parte di una famiglia reale. Peccato che Sean non abbia goduto di questi privilegi, dato che fa parte di quella esiliata.

«Sì, è qui fuori. Pronta?»

«Certo.»

Mi indica di precederlo. Scendo e cammino attentamente sui teloni che ha steso sul pavimento. La cucina è vuota, eccetto il frigorifero che ha lasciato collegato contro la parete in fondo finché arriverà quello nuovo. Mi tiene il gomito, sorprendendomi, mentre mi accompagna fuori dalla porta. Finora non mi aveva mai toccato volontariamente. Eccetto quel bacio che in un certo senso gli ho estorto. Sento il calore che si diffonde dal gomito per tutto il braccio.

In strada ci aspetta una Mercedes nera con i finestrini oscurati. L'autista scende, indossa una camicia bianca e pantaloni neri, e ci saluta con calore, tenendo aperta la portiera per noi.

Io salgo per prima e Sean mi segue. Quando l'auto si allontana dal marciapiede, mi chino vicino a lui e sussurro: «Viaggi spesso in questo modo?».

Lui mi risponde a voce bassa. «Mai. Silvia mi ha sorpreso offrendomi il suo autista. Forse è perché sto portando un'ospite.»

«Una donna.» Gli do una piccola gomitata. «Probabilmente pensa che sia la tua ragazza.»

«No. Non è quello che le ho detto.»

«L'avrà pensato perché vivo con te.»

«Fidati, non è ciò che pensa. Le ho detto che eri la cugina di Winnie, che usavi temporaneamente casa sua.»

Appoggio la testa contro il sedile, nascondendo la mia delusione. Chiaramente non gli interesso quanto lui interessa a me. «Beh, qualunque sia il motivo, è meglio della metropolitana.»

«Già» borbotta Sean, guardando fuori dal finestrino.

«Tutto okay?»

«Sì» dice lui rigidamente.

Nascondo un sospiro. Ho passato un sacco di tempo con Sean la settimana appena trascorsa e capisco quando ha qualcosa in mente. Lui ha due comportamenti: intensamente concentrato sul lavoro e rilassato quando non lavora. L'ho visto rilassato solo per qualche breve momento. La scadenza imposta da Winnie deve veramente stressarlo.

«Stai facendo grandi progressi con la ristrutturazione» gli dico.

«Sì, ma devo tornare al mio solito lavoro domani e quindi dovrò rallentare.»

«Posso fare io qualcosa mentre non ci sei. Preparare qualcosa, forse.»

«No!»

«Ehi, non c'è bisogno di urlare. Posso aiutarti.»

Lui alza una mano. «Sei utile, per certe cose. Ma, per favore, non toccare niente quando non ci sono io.»

«Okay, okay.»

«Qualche novità per l'episodio pilota?»

«No, non saprò niente almeno fino alla fine della prossima settimana. Però ho un'audizione per la pubblicità di un'assicurazione auto. Incrociamo le dita.»

«È già qualcosa.»

«Sì, non è il lavoro dei miei sogni, ovviamente, ma pagano bene per una giornata di lavoro, inoltre ricevo una piccola percentuale ogni volta che la pubblicità va in onda e serve per mantenermi solvente mentre rincorro lavori migliori. Campo da quattro mesi sui proventi della pubblicità del profumo. Era uno spot nazionale che è andato in onda tantissime volte il

Natale scorso. Probabilmente potrei far durare i soldi per un anno, se sono frugale.»

«Non credo di averlo visto.»

«Probabilmente non ci hai fatto caso. Non è che allora mi conoscessi. È stato divertente girare in un minigolf. Poi hanno trasformato digitalmente la pallina, facendola diventare la boccetta del profumo. Ovviamente, con la magia dell'editing, ho fatto buca con un tiro. Avevo una battuta: "Pronti a giocare?" detta con una voce sensuale e giocosa.» La provo con lui. «Pronto a giocare?»

Lui mi fissa e si lecca le labbra. «Io... uhm... riesco a capire perché ti abbiano presa.»

«Già, ho rinunciato alla sicurezza per il mio sogno. Ma penso sempre positivo e che il mio grande momento sia dietro l'angolo.»

Lui sembra pensieroso. «Immagino che sia quello che ti devi dire. A che punto ti dirai: "Basta, cerco un lavoro regolare?"»

«Mai.»

«Potrebbe succedere. Il conto in banca scende. Ti stanchi di dormire sui divani della gente.»

«Sono giovane! Non mi preoccupo. Ci arriverò.»

«Okay.» Non sembra convinto.

«Ottengo delle scritture, sai. Ho una laurea in arti drammatiche e ho fatto parecchio teatro.»

«Ti pagano?»

Mi irrito. «Guarda il mio video se vuoi vedermi in azione. Vedrai che so quello che faccio.»

«Non sto dubitando di te. Penso solo che sia veramente difficile guadagnarsi da vivere in questo modo.»

«Beh, qualcuno deve farlo. L'industria dell'intrattenimento esiste per un motivo.» Prendo il telefono e gli mando il link del mio sito web. «Guardalo più tardi.»

Lui lo fa immediatamente, cosa che non mi aspettavo.

«Ho detto più tardi,» gli dico, «non davanti a me.»

Lui mette in pausa. «Perché? Tu reciti per un pubblico. Che differenza fa?»

«La differenza è che di solito non mi vedo mentre qualcun altro mi sta guardando. Se non ti piaccio, non voglio saperlo.»

«Manterrò un'espressione impassibile.» Preme Play e capisco immediatamente che è confuso. Non sa che riesco a leggere perfettamente le sue espressioni.

«Che c'è?»

Lui si sposta, dandomi le spalle.

Sento il video che gira e vorrei non essere stata così sulla difensiva. Perché m'importa quello che pensa? È solo un video di tre minuti, ma sono i tre minuti più lunghi della mia vita.

Sean si volta verso di me. «Sei brava.»

Torno a respirare. «Grazie. E tu sei bravo nel tuo lavoro.»

«Lo so.»

«Di' solo grazie!» dico ridendo.

Lui sorride, il suo sorriso migliore, quello che arriva fino agli occhi azzurri, con il bel viso che si illumina. «Grazie, Josie.»

Quando arriviamo a casa di Silvia, sono di ottimo umore. Sean e io siamo più rilassati. Lui mi ha parlato della sua famiglia, la scandalosa rottura tra i due rami e la famiglia molto unita che ha a Brooklyn. Il modo in cui descrive le ragazzate dei suoi fratelli mentre crescevano e il cameratismo attuale, con tutti che lavorano nell'impresa di famiglia. In effetti, sono un po' gelosa. Sono molto unita ai miei genitori, ma non ho mai avuto l'esperienza di una famiglia numerosa né ho mai potuto divertirmi con fratelli o sorelle. Sean è legato alla sua famiglia, che ha radici profonde qui. Io non so se avrò mai radici. Devo andare ovunque mi porterà il lavoro.

Silvia apre la porta con un uomo dall'aspetto serio dietro di lei, completamente vestito di nero. «Salve! Benvenuti!» È giovane, probabilmente ha più o meno la mia età e sembra veramente la ragazza della porta accanto. I suoi capelli castano scuro ricadono in morbide onde appena oltre le spalle, ha pochissimo trucco e gli occhi nocciola sono caldi mentre ci guarda. Indossa un abito carino, a righe bianche e nere e sandali modello gladiatore. Ero preoccupata, pensando che sarebbe stata un po' distaccata, essendo una principessa, invece sembra una persona con cui vorrei passare il tempo.

«Grazie» dico. «È veramente un piacere conoscerla.»

«Ehi, Sil» dice Sean. «Grazie per averci invitato.»

Lei fa un passo indietro in modo che possiamo entrare e si mette in punta di piedi per baciare Sean sulla guancia. «È bello avervi entrambi qui!» esclama, tendendomi la mano. «Sono Silvia, per favore, diamoci del tu.»

Le stringo la mano. «Io sono Josie.»

Lei sorride. «Di solito vado io a Brooklyn, ma Sean voleva vedermi da solo, senza tutti i suoi burberi e ringhiosi fratelli.»

Io sogghigno. «Vuoi dire che sono più scorbutici di lui?»

«Non direi scorbutici. Più che altro hanno voci profonde e ringhiose. Abbaiano ma non mordono, non preoccuparti.» Indica l'uomo in piedi dietro le sue spalle, con una giacca nera, camicia nera e pantaloni neri. «Questa è la mia guardia del corpo, Leon.»

«Salve, piacere di conoscerti» dico.

Sean gli rivolge un cenno con la testa.

Leon inclina leggermente la testa. Non sorride. Brr... fa freddo qua dentro?

«Siete fortunati» dice Silvia. «Mio marito, Cade, sta preparando le sue famose lasagne. Beh, famose a casa nostra.» Ci invita a seguirla in cucina, dove un uomo con capelli biondo scuro un po' lunghi, una barba folta e un sorriso pronto, sta affettando i pomodori per un'insalata. «Cade, questa è Josie. E conosci già mio cugino.»

Cade si pulisce la mano sul grembiule e mi stringe la mano prima di rivolgersi a Sean. «È un piacere rivederti, Sean. Quando è stata l'ultima volta? Una settimana fa?»

«Già.» Sean si rivolge a me. «È stato al matrimonio di mio fratello a Villroy.»

«Grande partecipazione famigliare» dice Silvia, che sembra compiaciuta. «Posso offrirvi un po' di vino? Ho un buon rosso italiano.»

«Certo» dico. Con la coda dell'occhio, noto Leon che aleggia sulla porta della cucina. Pensa che sia una minaccia? Giù, Fido! Io sono una pacifista.

Cade indica Sean. «Penso io a te. La birra è in frigo.»

«Grazie» dice Sean, prendendo una birra.

«Andiamo in soggiorno» dice Silvia. «Non ci vorrà molto per la cena.»

Lei ci precede e Leon la segue. Il resto di noi la raggiunge in una zona relax con un divano di camoscio marrone, due poltrone turchesi e un tavolino di vetro. C'è un'intera parete di finestre che dà su Central Park. Siamo all'ultimo piano, quindi il panorama è spettacoloso. Dall'altra parte del grande soggiorno c'è la zona pranzo con un tavolo di legno nero e sei sedie.

Silvia si siede sul divano accanto a Cade e Leon si mette alle sue spalle leggermente in diagonale. È come la sua ombra. Vive con loro? Dev'essere strano per una coppia sposata. Come si fa a fare sesso in modo spontaneo con quell'ombra sempre presente?

Sean e io ci sediamo sulle poltrone davanti a loro.

«Allora, Josie, sei nuova in città, giusto?» chiede Silvia.

«Non esattamente. Ho vissuto qui durante il college. Adesso alterno New York e Los Angeles, per le audizioni.»

«È un'attrice» dice Sean. «Ha veramente talento.»

Mi volto a guardarlo sorridendogli. «Grazie.»

«Oh, non è eccitante?» dice Silvia, entusiasta. «Potremmo averti visto in qualcosa?»

«Ho girato la pubblicità del profumo *Blossom* che è andata in onda durante le ultime feste. Giocavo a minigolf e il profumo avrebbe dovuto essere la pallina.»

«La conosco! Indossavi un vestito giallo vivo. Che carino!» si rivolge a Cade. «Ricordi quella pubblicità?»

«Vagamente. Probabilmente ho controllato il telefono mentre la davano, visto che si trattava di un profumo. Senza offesa.»

«Nessuna offesa» gli dico io.

«C'è qualcos'altro in cui potrei averti visto?» mi chiede Silvia.

Continuo imperterrita a sorridere. «No, a meno che tu non sia un ragazzo delle scuole medie che guarda una serie educativa sulle risorse delle biblioteche.»

«Ah! No.»

«Ha recitato nell'episodio pilota per una nuova serie» aggiunge Sean.

Gli sorrido. «Sì, sono eccitata. Se verrà accettato, potrei recitare in una sitcom per almeno una stagione.»

«Girano a Los Angeles» dice Sean. «Potrebbe partire tra una settimana o due. Dovrebbe sapere qualcosa alla fine della settimana prossima.»

Gli do un'occhiata di sottecchi. Strano che stia parlando per me quando sono seduta proprio qui.

Lui prende il telefono. «Guardate il video sul suo sito.»

Arrossisco. «Non c'è bisogno che lo guardiate.»

«Oh, voglio vederlo» dice Silvia. «Non essere timida. Sean ha già cantato le tue lodi.»

Sean fa una smorfia. «Non ho cantato le sue lodi. Oggettivamente parlando, ha molto talento.»

«Niente di personale, giusto» dice Silvia, ammiccando. «Fammi vedere.»

Sean le passa il telefono e io cerco di non agitarmi mentre Silvia e Cade lo guardano insieme. Leon resta stoicamente in piedi dietro Silvia, fissando diritto davanti a sé. È come avere una statua. È così strano. Se mai diventerò famosa, immagino che avrò bisogno di una guardia del corpo. Ma farò in modo che resti a una certa distanza. Un piano sopra di me, o uno sotto. Facile da raggiungere se gridassi aiuto, ma che non mi stia addosso.

Silvia ridà il telefono a Sean quando finisce il video. «Molto bello, Josie. Mi è piaciuto il contrasto tra le scene, tra il dramma e la commedia. Quale preferisci?»

«Mi piace tutto. Non vorrei essere una di quelle attrici definita da un genere. Potrei recitare in un film d'azione o una commedia romantica o un thriller. Come Claire Jordan.»

Silvia inclina la testa. «La conosco. Beh, non personalmente, ma la mia wedding planner americana ha organizzato anche il matrimonio di Claire Jordan. Forse potrei contattarla e chiederle se può mettervi in contatto.»

Risucchio il fiato. «Omiodio. Sarebbe fenomenale. Claire Jordan è il mio idolo. Ha recitato in tanti generi diversi, tanti ruoli fantastici e adesso ha la sua società di produzione. Solo incontrarla e parlare della sua esperienza sarebbe un tale onore.»

«Perfetto!» esclama Silvia. «Dammi il tuo numero e mi metterò in contatto per sapere se Claire è disponibile.»

Do un'occhiata a Sean, che mima con le labbra *riesci a crederci*, prima di rivolgermi di nuovo a Silvia. «Sono sicura che sarà occupatissima. È appena uscito il suo nuovo film e so che adesso ha due bambini, Owen e Harper. Inoltre, c'è la sua società di produzione, la Red Jewel Film.»

Mi fissano tutti.

Io alzo una spalla. «Ho fatto qualche ricerca. Tutte le volte che trovo un'attrice con una carriera che ammiro, cerco di capire come ci è arrivata. Sapete, seguire le sue orme. Le informazioni personali sono lì, insieme a quelle professionali.» Mi metto a ridere. «Okay, sono una sua fan sfegatata.»

«Ti darò io il numero di Josie» dice Sean a Silvia prima che possa farlo io.

Preme un paio di tasti sul suo telefono e glielo invia. È decisamente protettivo nei miei confronti questa sera. È bello sapere che desidera che abbia successo. Significa che crede in me.

Silvia gli dà un'occhiata curiosa prima di rivolgersi a me sorridendo dolcemente. «Spero che si riveli un buon contatto.»

«Lo apprezzo veramente» mi affretto a dire.

Lei sorride e beve un sorso di vino. «Allora Josie, come va con mio cugino come coinquilino?»

Io sorrido a Sean. «Alla grande. Ci capiamo e non ho lamentele da fare.»

Sean si allenta il colletto della camicia. «Mi ci sto abituando. Sono abituato a lavorare da solo, ma Josie... è lì anche lei.»

Mi irrigidisco. «Sono lì anch'io.»

Lui fa una smorfia, distogliendo gli occhi.

Il mio buonumore se ne va. «Pensavo avessi detto che ti avevo aiutato. E mi assicuro che tu ceni tutte le sere.»

Lui abbassa la voce. «Penso di potermela cavare da solo

con il take-out. Inoltre, non è una situazione vivibile con tutti i detriti della costruzione.»

Stringo gli occhi. Dopo tutto quello che ho fatto per lui? «Quindi sono solo un fastidio?»

Cade si scusa per andare a controllare la cena. Silvia osserva attentamente Sean. E anch'io. E io che pensavo a lui con calore mentre lui era risentito per la mia esistenza. «Beh?» insisto. «Di' quello che pensi veramente di me.»

Lui espira rumorosamente. Dà un'occhiata supplichevole a Silvia, che gli fa cenno di continuare e poi si volta a guardarmi. «Okay, va bene. Sei una distrazione. L'ho detto fin dall'inizio. Ho bisogno di concentrarmi. Non era previsto che avessi una coinquilina. Ti ho lasciato restare solo perché Winnie aveva detto che avevi bisogno di sentirti al sicuro.»

«Sean è una specie di guardia del corpo per te?» mi chiede Silvia. «Non è armato, sai. Diversamente da Leon.»

Do un'occhiata al minaccioso Leon che apre la giacca, facendomi vedere la fondina. Wow. «Non ho bisogno di tanta protezione.»

Sean beve un lungo sorso di birra, fissando diritto davanti a sé. C'è qualcosa che non va.

Silvia sorride. «Può anche essere così, ma se Sean ti dà sui nervi, sei la benvenuta a stare da noi. Leon può proteggere entrambe.»

Resto a bocca aperta e mi volto verso Sean, che si appiccica un sorriso finto sul volto. «È un'offerta interessante» mi dice.

La principessa Silvia mi ha invitato a restare da loro cinque minuti dopo avermi conosciuta? E perché Sean non sembra per niente sorpreso? Ma poi capisco: ha cercato di rifilarmi a lei. La serpe! È il motivo per cui sono qui. E questo è il ringraziamento dopo tutto ciò che ho fatto per aiutarlo! Do da mangiare allo stronzo, lavo i piatti e ho ripulito un intero bagno! È stato un lavoraccio. Gli ho passato gli attrezzi e un mucchio di piastrelle, correndo su e giù parecchi piani di scale. Per non parlare del fatto che ho svuotato la cucina per lui! Se questo mi rende un fastidio, allora non mi merita.

«Ho fatto tanto per te» dico a Sean con la voce rotta. Maledizione. Ho gli occhi che scottano. Chiedo a Silvia. «Scusami, dov'è il bagno?»

Lei mi dà un'occhiata piena di compassione e indica. «In fondo al corridoio.»

Balzo in piedi e corro in bagno prima che Sean possa vedere quanto sono sconvolta. Non voglio essere sconvolta a causa sua. Non voglio che m'importi. Vorrei che fosse così. Ha cominciato a piacermi, con i suoi modi bruschi e competenti e dopo aver intravisto in qualche occasione un uomo che sembra veramente profondo. Quel bacio mi ha fatto immaginare che fosse più di quello che è.

Mi faccio un discorsetto allo specchio e poi faccio un esercizio di respirazione profonda per raggiungere nuovamente la calma. Mi sono esercitata parecchio, per calmarmi prima delle audizioni. Certo, questa volta è ancora peggio perché è personale, ma vale lo stesso principio. Sto. Bene. *Starò*. Bene.

Quanto ritorno in soggiorno, Silvia dice: «Mi dispiace, Josie. Leon non ritiene di poter estendere la protezione a un'altra persona. Dice che dovremmo assumere un'altra guardia».

«Va tutto bene. Non ho bisogno di una guardia del corpo.»

«Hai comunque bisogno di sentirti al sicuro.»

«Non preoccuparti per me» dico a denti stretti.

«Che ne diresti di stare con i miei genitori?» mi chiede. «Mio padre è grande e grosso e hanno spazio.»

Uso la mia voce più pacata, più composta. «Non ce n'è bisogno. Troverò un altro posto dove stare appena possibile.»

«Con chi?» chiede Sean.

«Non lo so» rispondo seccamente. «Magari qualcuno del mio corso di improvvisazione.»

«Un uomo?»

Che gliene importa, purché sia fuori dai piedi? Gli do un'occhiataccia. «Ne parleremo dopo.»

Lui grugnisce. Il burbero è tornato. A chi interessa? Adesso sono scontrosa anch'io. Non mi sono mai sentita così poco apprezzata in vita mia. E così ferita.

Butto giù il vino, svuotando il bicchiere.

«Altro vino?» chiede Silvia.

«Sì, grazie.»

Lei mi riempie nuovamente il bicchiere e dà un'occhiata significativa a Sean. «Forse dovresti andare ad aiutare Cade a portare la cena in tavola.»

Sean arrossisce, con aria colpevole e capisce l'antifona, lasciando la stanza.

Appena Sean se ne va, Silvia si china verso di me. «Normalmente Sean è un tipo veramente accomodante, con un grande senso dell'umorismo. Ultimamente però è veramente stato sotto pressione.»

Scuoto la testa. «La mia presenza lo ha irritato fin dall'inizio. Forse *una volta* non è stato un completo brontolone con me. Sono stufa. Adesso basta.»

Lei beve un sorso di vino e dice serenamente: «Okay».

«Davvero, non potrei essere più seria.»

«Ne sono sicura.»

Mi rimangio una risposta tagliente. L'ultima cosa che voglio è litigare con la principessa Silvia, specialmente visto che mi ha promesso che avrebbe cercato di mettermi in contatto con Claire Jordan. «Ho sentito che sei un editor di libri per bambini. È divertente come sembra?»

Lei dà un'occhiata verso la cucina. «Sean è una brava persona e le sue intenzioni sono buone. Non essere troppo dura con lui.»

Stringo le labbra. Ovviamente sua cugina è dalla sua parte.

7

Sean

Questa sera è stato un disastro. Silvia è riuscita a far proseguire la cena nel modo più liscio possibile, cosa non facile, con Josie che mi lanciava occhiate furiose. Peggio ancora, il senso di colpa mi stava mangiando vivo. Penso che Josie abbia pianto in bagno. Mi sento malissimo perché non c'è un grammo in cattiveria in lei. È sempre aperta e allegra. Io stavo solo cercando di mantenere le distanze, per il bene di entrambi.

Non posso più vivere con lei. Non so che cosa si aspetti che succeda. C'è alchimia tra di noi. E okay, bene, lei mi piace. Non è quello che volevo, ma è così e lei non farà altro che insinuarsi sempre di più e poi se ne andrà. E io non vado da nessuna parte. Non posso. I miei fratelli dipendono da me per la nostra comune impresa.

Siamo in auto mentre torniamo a casa e Josie non ha detto una parola da quando abbiamo lasciato l'appartamento di Silvia.

Non sopporto più il suo silenzio. «Era solo un invito amichevole a usare Leon come guardia del corpo.»

Lei mi guarda a muso duro. «Non apprezzo il modo in cui hai tentato di rifilarmi a tua cugina. Avresti semplicemente potuto chiedermi se desideravo restare lì. Invece hai macchinato questo piano elaborato alle mie spalle.»

«Silvia doveva conoscerti prima, ma ovviamente le sei piaciuta abbastanza da invitarti a restare da lei.»

«Ha ritirato l'invito due minuti dopo.»

«Perché le ho chiesto io di farlo, quando mi sono reso conto di quanto eri sconvolta.»

Lei guarda fuori dal finestrino, di nuovo in silenzio.

«Ehi, hai agito anche tu alle mie spalle. Io ti ho perdonato.»

Lei si volta a guardarmi, stringendo gli occhi. «Ritiro ogni complimento che ti ho fatto sul tuo collo.»

«Bene.»

«Le tue spalle e la schiena sono ancora una meraviglia, ma non è questo il punto. Sei il mio coinquilino e niente di più.»

Un po' del mio senso di colpa se ne va perché mi ha fatto un complimento, il che significa che forse si sente un po' meglio. «È quello che sono sempre stato.»

«No, una volta mi hai baciato.»

«Me l'avevi chiesto tu.»

Lei alza la testa. «Quella non ero io. Stavamo facendo improvvisazione.»

Niente da fare, non lascerò che incolpi me per quel bacio. «Chiamalo come vuoi, ma non c'è dubbio che volessi baciarmi. "Sì, e baciami." Sono le tue esatte parole.»

Lei incrocia le braccia sul petto. «Improvvisazione. "Sì, e..." poi l'altra persona aggiunge qualcosa di nuovo.»

«Piantala con l'improvvisazione. Non ho voglia di giocare. Voglio solo...» Smetto di parlare perché mi rendo conto che ciò che voglio veramente è una cosa che non potrà mai funzionare: noi due, insieme. «Guarda. D'ora in poi sarò sincero con te, tu farai lo stesso e torneremo, sai, a essere coinquilini amichevoli.»

Lei mi fissa per un lungo momento e io sostengo il suo sguardo. Non so perché, ma non posso perdere questa gara di sguardi.

«Silvia mi ha detto che normalmente sei un tipo rilassato con un grande umorismo. Gente, quanto si sbagliava.»

«Un grande umorismo? Come a dire che sono divertente?»

«Sì. Che cosa ti è successo?»

«Oh, non lo so. Magari ha qualcosa a che vedere con il fatto di lavorare ventiquattro ore al giorno sette giorni su sette, con la mia ex che mi soffia sul collo e sua cugina che mi spia, distraendomi e rallentandomi a ogni passo.»

Lei mi ficca un dito nel petto. «Non hai ancora perdonato Winnie. Ecco qual è il vero problema qui.»

Il vero problema è che *ho* perdonato Winnie. Ho chiuso con lei, ma sono rimasto scottato e non voglio che succeda di nuovo. Josie partirà presto per Los Angeles per la sua sitcom. Nella mia mente non ci sono dubbi che avrà la parte, col talento che ha. Anche solo la sua personalità potrebbe sostenere uno show. Posso evitare di impegolarmi per una settimana o due prima che vada a LA. Non glielo posso dire perché saprà che tengo troppo a lei. Renderebbe più difficile mantenere le distanze. Mi metto sulla difensiva. «Se non l'avessi perdonata, perché resterei a casa sua per ristrutturarla?»

Lei alza le mani, arrendendosi. «Non ne ho idea.»

«Ho chiuso con lei, mi è passata.»

«Non ti è passata.»

«Questa faccenda non ha niente a che vedere con Winnie. Adoro quella casa. Mi piace il quartiere. Voglio vederla finita.»

Lei agita le mani in aria. «Sembrerebbe perfettamente ragionevole. Sfortunatamente, non credo a una parola di quello che dici.»

Perdo le staffe. «Che cosa vuoi che ti dica? Che pensavo che il mio futuro fosse questo, vivere una vita diversa a Park Slope, e che non posso dimenticarlo?»

«Almeno saresti sincero.»

Mi chino verso di lei. «Questo progetto significa qualcosa per me. Ci sto lavorando da più di un anno.» Mi tiro indietro. «E sì, voglio questa vita, anche senza di lei. Sono ambizioso, non voglio lavorare per sempre nelle costruzioni. Ti ho detto che la mia famiglia è entrata nel campo dello sviluppo immobiliare. Sapevi che tua nonna aveva pagato cinquemila dollari per la casa nel 1953? Quando avrò finito i lavori, tua cugina potrà venderla per tre milioni di dollari come minimo.»

Lei spalanca gli occhi. «Wow, non ne avevo idea.»

«Già. Sarò un immobiliarista. Forse mi occuperò della parte finanziaria. Meno sudore, più lavoro di cervello.»

Lei mi guarda incuriosita. «Sei esperto di finanze?»

«Posso imparare.»

«Sono ambiziosa anch'io. Voglio essere proprio come Claire Jordan.»

«Non dovresti tentare di essere come qualcun altro. Sii semplicemente te stessa.»

Lei sbuffa. «Lo dici come se io fossi realmente una persona okay e so che mi vedi come nient'altro che un grosso inconveniente.»

«Voglio solo dire che non devi essere una brutta copia di Claire Jordan.»

Josie sospira. «Senti, so che Winnie ti ha veramente scombussolato e mi dispiace, ma, per favore, tienimi fuori dalla zona dell'esplosione. Io non ho fatto altro che aiutarti dal primo giorno in cui ci siamo incontrati.»

«Hai attivato il sensore di fumo, fatto un disastro in cucina, mi hai fatto preoccupare per te e in generale sei stata una gran seccatura.»

Lei risucchia il fiato, sbattendo rapidamente le palpebre.

Faccio una smorfia, temendo che stia per piangere un'altra volta a causa mia. «Non una vera seccatura, lo ritiro.»

Lei mi fisa negli occhi, i suoi sono lucidi di lacrime. Sento lo stomaco che si contrae. «No. Non ritirarlo. Quello che provi veramente per me è evidente.»

«No, non è vero. Non avrei dovuto dirlo.»

Lei si volta dall'altra parte. La sento tirare su col naso.

«Tu mi piaci» ammetto. «Anche se non vorrei.»

Josie si volta verso di me, sbattendo le palpebre per liberare gli occhi dalle lacrime. «Perché non vuoi che ti piaccia? Per via di Winnie?»

«Te ne andrai comunque. Che importanza ha?»

«Quindi se non me ne andassi ti piacerei di più?»

Io guardo in avanti, borbottando: «Stai rigirando le mie parole».

Josie resta in silenzio per qualche momento prima di dire: «Avevo ragione al tuo riguardo».

«Su che cosa?»

«Sei il tipo di uomo che vuole impegnarsi, non il tipo da avventure. È una boccata di aria fresca.»

«Sono come voglio essere. Non ho tempo per le complicazioni di una donna. È questo il reale motivo per cui voglio vivere da solo, ma tu sei sempre lì.»

«Bene. L'ho capito. Non c'è bisogno che sia così brusco. Non mi vedrai. E puoi scordarti che ti serva la cena tutte le sere.»

Scuoto la testa. È così strano che pensi di essere questo grande aiuto. Non è che cucini. «Posso farcela per conto mio a mangiare take-out.»

«Bene, perché da ora in poi sei ufficialmente per conto tuo.»

«Che cosa intendi dire?»

«Uscirò il più possibile in modo che tu non sappia nemmeno che sono in giro.»

«Perfetto.» Solo che non sembra perfetto. Sento il petto che si stringe. Potrei averla spinta così lontano che non tornerà più.

«Inoltre, probabilmente saprò presto qualcosa dell'episodio pilota.»

«Spero che otterrai la parte.»

Lei alza le sopracciglia. «Perché me ne andrei o perché mi auguri di farcela?»

«Non so che cosa risponderti.»

«Ti ucciderebbe essere gentile con me per una volta?»

Espiro bruscamente. «Non so come ti sia fatta l'idea che io sia gentile.»

Lei fissa diritto davanti a sé, con le labbra tirate.

Mi viene in mente che uscirà tutte le sere, dato che sarà l'unico momento in cui sarò a casa una volta che avrò ripreso il mio solito lavoro. Ma sarò in grado di concentrarmi se lei sarà fuori da sola, in città, di sera? Non è vero che ha l'atteggiamento duro da newyorchese. È piuttosto il tipo da *"Ehi, stiamo un po' insieme, conosciamoci meglio"*.

Prima di riuscire a fermarmi, le parole mi escono dalla bocca. «Fammi sapere i tuoi programmi e mandami un messaggio se hai intenzione di fare tardi. Non voglio perdere tempo a controllare se sei tornata a casa e se va tutto bene.»

Le sue labbra si curvano un po' prima che le stringa di nuovo. Non le dispiace se divento protettivo. Le piace. «Consideralo fatto. Non dovrai perdere un solo secondo del tuo tempo per me.»

«Bene.»

«Ti dispiace se avrò ospiti al piano di sopra?»

Stringo i denti. Intende un uomo o una donna? Non posso chiederglielo o penserà che sia geloso, ed è la verità, anche se non ho il diritto di esserlo. «Niente ospiti. Questo posto è ancora un cantiere.»

«Il quarto piano è ok. C'è questo tizio del corso di improvvisazione che vuole esercitarsi con me.»

La guardo. Sta cercando di prendermi in giro? Difficile da dire. La sua espressione è innocenza pura. «Esercitarsi in che cosa?»

«Improvvisazione.»

«Improvvisare baci?» è ciò che ha fatto con me.

Lei fa spallucce.

«Penso che sia una terribile idea, specialmente perché te ne andrai tra poco.»

«Okay.» Sembra soddisfatta.

«Che cosa dovrebbe voler dire? Okay?»

Lei fa un sorrisino. «Significa okay.»

«Sembrava che stessi per sottintendere qualcosa di più.»

«Ti piacerebbe che volessi sottintendere di più, vero?»

Chiudo la bocca prima di lasciarmi scappare la verità: che l'unico motivo per cui voglio che se ne vada è eliminare la tentazione. Ho la scomoda sensazione che sospetti già la verità.

Lei sospira e appoggia la testa alla mia spalla.

Io non la spingo via.

Quando arrivo a casa dopo il lavoro lunedì sera, sento un rumore al piano di sopra e mi ritrovo a sperare che sia lei, anche se aveva detto di avere in programma di uscire tutte le sere.

«Josie?»

Silenzio.

Vado di sopra ma lei non c'è. Era solo uno dei rumori di assestamento tipici di una vecchia casa. Mi devo abituare a una vita senza Josie. Sono io quello che l'ha respinta, a ragion veduta, quindi devo accettare il disagio temporaneo di non sapere dov'è, con chi è o quando tornerà. Fanculo la mia vita.

Scendo in cucina, riscaldo al microonde uno dei pasti surgelati che ho portato a casa, che non assomiglia per niente all'immagine sulla scatola, e lo mando giù sul portico posteriore. Poi mi metto al lavoro sulla cucina, sentendomi insoddisfatto e insolitamente irritabile.

Un'ora dopo, ho bisogno di sapere che cosa le sta succedendo. Prendo il telefono e le mando un messaggio, breve e diretto: *Ora prevista di arrivo?*

Nessuna risposta. Che cosa sta facendo? È con il tizio del corso di improvvisazione?

Ficco il telefono nella tasca posteriore dei jeans e mi metto al lavoro. Il telefono vibra proprio mentre sto installando un nuovo armadietto. Lo sostengo con una mano, appoggio il trapano e prendo il telefono.

Josie: *Sarò di ritorno verso le nove. Sono andata a trovare un'amica del college. Forse verso le dieci. Vuole portarmi a conoscere alcuni dei suoi amici ad Harlem. Potremmo fare una jam session.*

Rimetto il telefono in tasca e finisco di installare l'armadietto. Riprendo il telefono e le mando un messaggio veloce. *Suoni uno strumento?*

Josie: *Il piano, in modo passabile.*

Io: *Altri talenti. Fico.*

Lei mi manda le emoji di un bacio. Okay, non eccitarti, le emoji sono cose informali. Comunque, il sangue scorre veloce nelle vene, di colpo all'erta.

Josie: *Mia madre è una cantante d'opera. Sono cresciuta con la musica per tutta la vita. Te l'avevo mai detto?*

Io: *Sì. Ti ho sentita cantare una volta. Sei veramente brava.*

Josie: *Wow. Quanti complimenti stasera. So anche ballare il tip tap.*

Sto sorridendo. In qualche modo è più facile dire cose in un messaggio.

Io: *Mi piacerebbe vederti.*

Josie: *Magari, se lo chiederai molto gentilmente. E il tuo talento qual è? Oltre a essere un abilissimo lavoratore edile.*

D'impulso scrivo: *Sono bravo a letto.*

Faccio una smorfia. Che cosa sto facendo?

Merda. Ha smesso di rispondermi. Vorrei cancellare l'ultimo messaggio. Guardo l'area intorno a me, semi-finita, come se ci fosse qualcuno che possa aiutarmi. Come sistemo la cosa? Sto per scrivere: *Scusa, mandato alla persona sbagliata,* quando lei manda un altro messaggio.

Josie: *Ehi, dovevo rispondere alla mia amica. Torniamo a te. Conta come talento? Comunque, era inappropriato.*

Io: *È più un dono che un talento. Ed era inappropriato.*

Josie: *Stiamo facendo sexting?*

Rido forte e scrivo: *Vuoi fare sexting?*

Josie: *Forse. È noiosissimo viaggiare in metropolitana.*

Io: *Non devi restare fuori tutte le sere. Non volevo farti scappare.*

Josie: *Perché l'hai fatto?*

Non posso dirle la verità e continuare a mantenere le distanze.

Io: *Non lo so.*

Josie: *Mi aspetto di vedere grandi progressi nella cucina quando torno. Vediamo di finire questo lavoro e toglierti Winnie dai piedi una volta per tutte.*

Io: *Eh, sì. Bene, torno al lavoro.*

Josie: *Ce la farai, campione.*

Sorrido mentre scrivo un breve messaggio di saluto. Devo smetterla di ringhiarle contro. Posso essere educato, perfino amichevole, pur mantenendo le distanze.

Torno a lavorare, pieno di nuovo energia. Non vedo l'ora di mostrarle quanto sono riuscito a fare questa sera.

Josie

Sono stata sulle spine tutto il giorno, ansiosa di sapere dell'episodio pilota. La mia agente dice che sapremo qualcosa entro venerdì. Che è oggi. Mi dico che se non andrà bene, significherà che non era il progetto giusto. Ci sono mille storie di attori che hanno perso uno show solo per trovarne un altro perfino migliore e avere un enorme successo. Sarà quello che sarà. Questa settimana mi sono tenuta occupata con i provini (ne avevo parecchi per le pubblicità e per uno show su un nuovo servizio in streaming), il corso di improvvisazione, la palestra e per andare a trovare tutti quelli cui sono riuscita a pensare in città, incluso una puntata all'università per salutare i miei insegnanti preferiti. Sono persino andata a una serata dei dilettanti in un cabaret alternativo. Ho fatto una scenetta su un suonatore di triangolo un po' troppo entusiasta, che sogna di unirsi a una band rock. Perché? Perché no?

Il pubblico di questi show cerca qualcosa di diverso. Sono anche andata a trovare Winnie una sera. Mi è sembrava insolitamente tesa, anche se mi ha detto che è solo stress dovuto all'organizzazione del matrimonio.

Adesso è venerdì sera, è ancora presto per avere notizie da Los Angeles e sono rintanata nella mia stanza al quarto piano, cercando di ignorare Sean in cucina con i suoi attrezzi rumorosi. Sta installando una nuova isola. Mi ha mandato messaggi ogni sera, controllando a che ora sarei tornata a casa. È chiaro che ci tiene a me, ma che differenza fa, se continua a mantenere le distanze? Sospiro. Detesto ammetterlo, ma probabilmente ha ragione, con lui ben radicato qui e io che posso volar via da un momento all'altro. Ci vediamo per un rapido saluto quando torno la sera. Non mi stava aspettando. Stava lavorando in cucina. Forse è il suo modo di essere amichevole, perché si è sentito in colpa per essersi comportato come se fossi solo una spina nel fianco.

È successa una cosa bella questa settimana. Mi ha chiamato Claire Jordan e mi ha invitato a incontrarla in un ristorante in città il prossimo fine settimana, per fare una chiacchierata. Mi ha dato speranza. È successa una bella cosa e di solito non ne succedono tre per volta? Ho diritto ad altre due. Sto spargendo la mia energia positiva in tutto il mondo.

Suona il telefono e controllo lo schermo con il cuore che batte a mille. È la mia agente. Ecco, ci siamo. È il grande momento. Racconterò agli intervistatori del momento in cui ho ottenuto questo show e di come è stato esilarante. Saltello su e giù per scaricare l'energia nervosa.

«Ehi, Jade!» risposto allegramente. «Qualche notizia?»

Lei risponde in tono monocorde. «L'episodio pilota non è stato accettato. Mi dispiace, Josie. Pensavo veramente che sarebbe stato quello giusto.»

Mi sprofonda lo stomaco e stringo più forte il telefono. «Hanno detto perché?»

«Non eri tu. Tu sei stata grande. Ci sono semplicemente troppi show che cercano un pubblico e l'emittente ha ritenuto che ci fossero candidati più solidi. Ma insisteremo. Ho un provino per te la prossima settimana per un nuovo canale e accetteresti di recitare off Broadway? C'è un nuovo show che cerca sconosciute che sappiano cantare.»

Mi si stringe la gola e gli occhi bruciano per le lacrime. *Sconosciute.* Sono io. Nessuno sa chi sono. Forse non lo sapranno mai. «Okay, certo» riesco a dire. «Grazie per avermi informato.»

«Tieni la testa alta. Sarà per la prossima volta. Non è personale. Ogni "no" è un passo verso il sì.»

Annuisco, incapace di parlare per un momento. «Arrivederci.» Premo il tasto per chiudere la chiamata e mi lascio cadere lentamente sul pavimento. Per un momento mi limito a fissare nel vuoto, poi scoppio in lacrime. Volevo veramente, veramente, quello show. Ero sicura che sarebbe successo. Bella sceneggiatura, bel concetto. Avevo veramente centrato il personaggio. Ci sono così tante cose fuori dal mio controllo in questo mestiere, ma sembrava che tutto potesse andare bene. Eppure, non è stato così.

Dopo un lungo pianto, scendo dabbasso. Ho bisogno di crogiolarmi nell'autocommiserazione e questo significa gelato. Ignoro Sean che sta lavorando in cucina.

«Ehi, stai uscendo?»

Non gli ho detto nulla prima, come da sua richiesta, in modo che non dovesse preoccuparsi per me. Che cosa stupida. È la guardia del corpo più irritante che abbia avuto la sfortuna di *non* assumere. Sempre a controllarmi, mai che stia con me.

Mi fermo, fissando la porta invece di voltarmi a guardarlo. Non voglio che veda i miei occhi gonfi e il naso rosso. La voce mi esce in un gracchio. «Sì, ciao.»

«Aspetta.»

Scuoto la testa ed esco dalla porta. Andrò direttamente al supermercato a prendere una grossa confezione di gelato. Rocky road? No, cioccolato fondente. Posso ingurgitarlo più in fretta e non devo nemmeno masticare i pezzetti di cioccolato e i marshmallow. È un momento di emergenza gelato.

«Josie.»

Cammino più in fretta, sentendo Sean così vicino dietro di me. «Per favore, lasciami stare.»

Lui mi raggiunge e si mette davanti a me sul marciapiede, bloccandomi la strada. «Aspetta, è tutta la settimana che non ti vedo» la sua voce si addolcisce. «Che cosa c'è che non va?»

Mi bruciano gli occhi per le lacrime che stanno tornando sentendo la preoccupazione nella sua voce. «Non hanno accettato l'episodio pilota.»

Aggrotta le sopracciglia, guardandomi compassionevole. «Stai bene?»

Non sopporto la pietà nei suoi occhi e distolgo lo sguardo. «Andrà tutto bene. Ho solo bisogno di un po' di spazio. Sai com'è.» Rido, ma è una di quelle risate che fanno male.

«Dove stai andando?»

«Non hai una cucina da montare?»

«Può aspettare.»

«No, non è vero. Hai una scadenza molto ravvicinata.»

Continuo a camminare lungo la strada, praticamente correndo, e lo lascio indietro in fretta. Entro nel primo negozio che credo possa avere del gelato. È uno di quei posti salutistici, dove tutto ha un prezzo esagerato. Non posso permettermi questi gelati di lusso, ma temo che un altro sguardo compassionevole da parte di Sean mi farà piangere tutte le mie lacrime per strada. Ho solo bisogno di un po' di tempo per rimettere insieme i cocci. Prendo la confezione più piccola di quello che credo sia semplice gelato al cioccolato di qualità e vado al bancone.

Sean appare al mio fianco e sobbalzo. Sarebbe un ottimo ninja. «Sembrano due cucchiaiate.»

«Sì, già, devo fare economia. Sono un'attrice disoccupata.» *Una sconosciuta. Passante numero quattro. No, albero numero quattro.*

Mi dà uno strattone al braccio. «Vieni con me. Qual è il tuo gusto preferito? Offro io. È il minimo che possa fare dopo tutte le volte in cui mi hai nutrito e aiutato.»

Mi trema il labbro e gli occhi si riempiono di lacrime. «Sei solo dispiaciuto per me.»

I suoi occhi sono comprensivi, il tono rassicurante. «Mi dispiace per te, ma più che altro per me.»

Apro la bocca, sorpresa. «Perché?»

«Perché non ti ho visto per tutta la settimana ed è stata tutta colpa mia. Mi sei mancata.»

Resto senza fiato, con il cuore che batte un po' più forte. Sembra così caloroso e sincero. «Mi sono tolta dai piedi per permetterti di lavorare.»

«Lo so. Non c'è bisogno che lo faccia. Posso tranquilla-mente lavorare con te intorno. Mi tieni compagnia.»

Il complimento mi fa piacere, poi divento sospettosa. Non è così che funzioniamo, noi due. Lui è perennemente irritato e io mi tengo alla larga dalla zona del brontolone. «Sei carino con me solo perché ho perso l'occasione e la mia carriera è finita nel cesso.»

«Pensavo che avessimo stabilito che io non sono carino.»

«Infatti. Sei uno stronzo e un brontolone e completamente

chiuso in te stesso. E la somma di tutto è...» agito le mani nella sua direzione «... una gigantesca irritazione.»

Un angolo della sua bocca si alza. «Di' quello che pensi veramente.»

Scuoto la testa. È veramente difficile restare arrabbiati con lui.

«Andiamo a prendere il tuo gelato e poi torniamo a casa.»

Vado al freezer del gelato e rimetto dentro la mia mono-porzione. «Voglio il tipo più cioccolatoso.»

«Che ne dici di "Morte da cioccolato"?»

«Perfetto.»

Lui prende due confezioni da mezzo litro. «Una per me, una per te.»

«Potrei tranquillamente mangiarle tutte e due.»

«Okay, ne prenderemo sei. Bastano?»

Rido nonostante la tristezza. «Forse.»

Sean sorride. «Sei "Morte da cioccolato". Moriremo annegando in una pozzanghera di cioccolato sciolto.»

Ne prende sei confezioni da mezzo litro e le porta al bancone. «Si chiama crogiolarsi nell'autocommiserazione. O si fa bene o non lo si fa del tutto.»

«Lieto che abbia te per insegnarmi come si fa.» Mi fa l'occhiolino.

Torno seria. «Grazie per il gelato.»

«Sempre.»

Qualche minuto dopo stiamo tornando a casa. Strano come abbia cominciato a pensarci come "casa". Tutto quello che ho è una valigia, una coperta e un cuscino sul pavimento. Non è che Sean e io siamo veri e propri residenti. Lui finirà presto. Io dovrò trovare un appartamento con un mucchio di coinquiline e tornare a fare la cameriera, anche se faccio veramente schifo in quel mestiere. È uno dei pochi lavori che permettono abbastanza flessibilità per poter partecipare alle audizioni, spesso senza preavviso. Dio, sono così stanca di essere respinta.

«Che ne dici se guardiamo un film stasera?» mi chiede Sean. «Quello che vuoi tu.»

«E la cucina?»

«Da come la vedo io, devo prendermi una serata libera per salvarti da te stessa. Rimpiangeresti di aver mangiato tre litri di gelato domani mattina.»

Alzo altezzosamente il mento. «Non ho mai rimpianti per il gelato.»

«Qual è il tuo film preferito?»

«Sto avendo qualche difficoltà a concepire uno Sean amabile.»

«Tempi disperati richiedono soluzioni disperate, Josie. Allora, qual è?»

«Non ti piacerà.»

«Se piace a te, fingerò che piaccia anche a me. Più che altro lo guarderò in modo da prenderti in giro dopo.»

«Così sembri più lo Sean che conosco.»

«Sono sempre lì, sotto lo strato di amabilità.»

«È una vecchia commedia romantica in bianco e nero. La prima, credo. *Accadde una notte*, con Clark Gable e Claudette Colbert. È del genere gli opposti si attraggono ed è veramente divertente.»

«C'è la versione a colori?»

Rabbrividisco. «Se c'è, non voglio vederla. Guarda, se non sopporti una commedia romantica, allora lasciami alla mia autocommiserazione.»

Lui si china verso di me. «Okay, ma che resti tra te e me e lo negherò fino all'ultimo respiro, ma la verità è che mi piacciono le commedie romantiche.»

«Davvero?»

Lui scoppia a ridere. «No.»

Cerco di guardarlo con gli occhi stretti e cattivi, ma sono troppo gonfi per tutto il pianto, quindi non fanno molto effetto. «È sublime e se lo rovinerai per me ti accoltellerò con il cucchiaio.»

«Un coltello non funzionerebbe meglio?»

«Per il gelato?»

Sorride. «Sei veramente divertente. Vorrei averti visto in quel cabaret alternativo.»

«Almeno fosse stato un ingaggio pagato.»

Arriviamo a casa. Apro la porta e la tengo aperta per lui mentre porta dentro la borsa del gelato.

«È un bene che ti metta in gioco» dice Sean. «Fai in modo che la gente veda quello che sai fare. Non sai mai chi ci può essere tra il pubblico.»

«Già, immagino. Io lo faccio solo per tenermi in esercizio.»

«Prendo i cucchiai. Puoi togliere il telone dal divano. Cerca di non farci cadere sopra la polvere.»

Qualche minuto dopo siamo seduti fianco a fianco, con il laptop appoggiato sulle scatole. Sean ha trovato il film in un servizio di streaming e l'ha comprato invece di affittarlo – "nel caso tu voglia rivederlo ancora" – ed è una cosa così dolce che mi fa sciogliere dentro. È il suo laptop, quindi è come se stesse dicendo che vuole che resti qui in giro o lo guardi di nuovo con lui. Sono super emotiva in questo momento, ecco tutto. Almeno rende più facile piangermi addosso.

Comincio con il gelato nel mio modo preferito, che è di prenderne un sottile strato per volta e arrivare lentamente fino al fondo. Sean infila il suo cucchiaio al centro, che è il modo peggiore perché al centro è più duro. Lo mangia in grandi cucchiaiate.

«Ti si ghiaccerà il cervello in quel modo» lo avverto.

«Shh. Sto guardando un film sublime.»

Sbuffo piano e guardo anch'io il film. Gli do un'occhiata proprio mentre si sta premendo le dita sulla fronte. «Te l'avevo detto.»

«Shh!»

Sean finisce la sua vaschetta prima di me e sembra che stia veramente guardando il film. Io l'ho visto un mucchio di volte. È l'unico motivo per cui sto guardando lui invece del film. Sorride nei momenti giusti. Penso che gli piacciano veramente le commedie romantiche, anche se ha cercato di far finta di no. È un classico e ne ha ispirati tanti altri.

Finisco il mio gelato, rilassata e sonnolenta. Gli appoggio la testa sulla spalla e lui mi mette un braccio sulle spalle, tirandomi vicina. Mi potrei abituare.

«Mi piace quando sei gentile» gli dico.

Lui mette in pausa il film e mi guarda. «Vuoi ancora gelato?»

«No, sto bene così.»

«Acqua? Vino?»

«Hai il vino?»

«Potrei andare a prenderlo. Voglio assicurarmi che ti crogioli nel modo giusto.»

Gli sorrido. «Sto bene proprio così.»

Mi sorride anche lui e preme play per far ripartire il film. Sospiro contenta. Il mio film preferito, la pancia contenta e un uomo caldo che mi tiene vicina. Non ci può essere niente di meglio.

Ma poi il film finisce. Sean mi toglie il braccio dalle spalle, mettendo un po' di distanza tra di noi. Sono sinceramente arrabbiata, perché il momento è finito e volevo che durasse di più. «Sean,» dico seccamente, «che cos'è successo alle mie coccole? Dovevo continuare ad autocommiserarmi.»

Lui spalanca gli occhi. «Uhm, il film è finito. Sei andata in crisi glicemica?»

«No. Mi stavo sentendo così bene e adesso non più.»

«Un altro film?»

«Sì, grazie.»

Mi passa il laptop e scelgo un altro classico in bianco e nero, *Scandalo a Filadelfia*, con Katharine Hepburn, Jimmy Stewart e Cary Grant. Oh, essere nata ai tempi d'oro di Hollywood. So che il sistema degli Studios non era perfetto, ma quei film erano così favolosi. Spiritosi, dialoghi frizzanti, tensione sensuale, donne forti, uomini sofisticati.

Mi appoggio allo schienale del divano e mi tiro il suo braccio intorno alle spalle. Lui si sistema al mio fianco e mi bacia la testa. Questo mi piace perfino di più. Alzo il volto verso di lui in un invito senza parole.

«Josie.» La sua voce contiene una nota di rimpianto.

«Che c'è?»

«In questo momento sei vulnerabile.»

«Ti strapperò la testa se non mi baci» dico con il mio miglior accento di Brooklyn.

Le sue labbra si curvano in un sorriso. «Sembri proprio me.»

«Bene. Ti ho osservato da vicino per ottenere un accento autentico.»

Lui mi appoggia una mano sulla guancia. «Ti ho sentita ammirare il mio collo forte e muscoloso.»

«È una vera meraviglia.»

Lui annulla lo spazio tra di noi e preme le labbra sulle mie per un momento sublime prima di tirarsi indietro, con gli occhi dolci fissi nei miei. Qualcosa passa tra di noi in quel momento. Mi sta lasciando avvicinare, mi dimostra che ci tiene a me e io provo la stessa cosa. Era ora. Da un po'. Stiamo girando intorno a questa attrazione dal giorno in cui ci siamo conosciuti.

Poi mi spinge seduta, borbottando. «Guarda il film.»

Lo faccio e la mia triste autocommiserazione ha lasciato lo spazio a una piccola scintilla di speranza. Sean è così caldo che scivolo nel sonno prima che finisca il film.

Ho di colpo freddo e mi rendo conto che Sean mi ha fatto stendere sul divano, da sola. Lui è in piedi accanto.

Allungo la mano e gli afferro la gamba coperta dal jeans. «Resta con me. Non voglio stare da sola stasera.»

8

Josie

Sean lascia uscire il fiato e so per certo che sta per dirmi di no.

«Per favore» dico. «Mi sento molto meglio quando mi tieni abbracciata.»

Lui mi studia a lungo. Devo sembrargli adeguatamente esausta e patetica, perché cede. «Va bene. Vieni con me.» Mi tira in piedi.

Lo seguo. Lui spegne la luce a questo piano, accende la torcia sul telefono e si dirige di sopra, al suo materasso ad aria. La zona proibita. Normalmente sono rinchiusa nella mia torre al quarto piano, nel mio umile letto sul pavimento. Si era offerto di comprarmi un materassino, ma avevo rifiutato. So che sembra strano, ma mi tiene motivata a resistere, a cercare di raggiungere il mio sogno. Lo desidero, disperatamente. Abbastanza da dormire sul pavimento per rammentarmi che devo insistere nonostante i rifiuti. Ma non questa sera.

Lui appoggia il telefono sul pavimento di legno, collegandolo per ricaricarlo e mi dice: «Voltati».

Lo faccio. Sento che fruga nella sua sacca, probabilmente per mettersi il pigiama. Io ho una t-shirt e i leggings, che vanno bene per dormire. Di solito dormo solo con la t-shirt o il mio pigiama preferito, quello con Smokey Bear, ma ho la sensazione che se andrò a prenderli, prima che torni cambierà idea sul coccolarmi. Quanti uomini sarebbero così meravigliosi mentre mi piango addosso e poi accettare di coccolarmi per farmi addormentare?

«Io mi metto sotto le coperte» annuncio prima di infilarmi sotto la trapunta sul suo letto. Il materasso non cede come pensavo. «Sembra un materasso vero. Pensavo che sarebbe stato più molliccio, come un materasso ad acqua.»

Rubo un'occhiata. Sfortunatamente si è già messo una t-shirt e un paio di pantaloni da jogging. Niente spettacolo di perfezione muscolare per me.

La sua espressione è cupa. «Ho preso il tipo rinforzato.»

«Vieni qua. Fai parte dell'equazione coccole.»

Lui si strofina la nuca. «Non sono proprio tipo da coccole.»

«Okay, ti coccolerò io allora. Dai. Ho bisogno del tuo calore. Sei una specie di caldo orsacchiotto di peluche.»

Lui borbotta qualcosa tra sé e sé.

«Non avere paura» scherzo.

Lui prende il telefono, preme qualche tasto e poi lo spegne. Nella stanza c'è buio pesto. La sua voce profonda sembra un po' roca. «Sei molto stanca?»

«Molto.» Lo dico solo per farlo sdraiare. Ero molto stanca, prima di contemplare la possibilità delle coccole con l'uomo che desidero in segreto.

Finalmente Sean si mette sotto la coperta, portando il suo delizioso calore nelle vicinanze. Si gira sul fianco, dandomi le spalle e io mi appiccico alla sua schiena, avvolgendogli le braccia intorno alla vita.

«È fantastico» sussurro. «Grazie.»

«Fa schifo.»

«Perché?»

«Non riesco a dormire con te premuta addosso in questo modo.»

«Puoi darmi qualche minuto di coccole? Quando mi addormento puoi farmi rotolare sul pavimento.»

«Non ho intenzione di buttarti sul pavimento» brontola,

assomigliando allo Sean cui sono abituata. In qualche modo, adesso mi sembra tenero. Forse perché sta facendo uno sforzo per me, anche se non è tipo da coccole. Domani farò qualcosa di carino per lui.

«Grazie» sussurro, chiudo gli occhi e sospiro felice. Gli accarezzo il petto perché mi sento affettuosa e, sì, vogliosa, ma lui mi afferra la mano e la tiene. È bello anche così.

Mi sveglio sentendo picchiare forte in cucina. È sabato mattina e Sean è tornato al lavoro.

Ho dormito favolosamente. Deve essermi rimasto vicino tutta la notte, il tesoro. Vado di sopra, prendo dei vestiti puliti e faccio una doccia veloce. Oggi lo aiuterò in tutti i modi possibili. Lavorerà per tutto il fine settimana e lo farò anch'io, fianco a fianco, soci.

Quando scendo mi volta le spalle, nella sua solita t-shirt, jeans e stivali da lavoro. Il sudore luccica sui suoi bicipiti mentre inchioda un lungo pezzo di modanatura di legno dove la parete incontra il pavimento. Una fortissima fitta di desiderio mi fa sentire girare la testa. Ho sempre saputo che era favoloso e muscoloso, ma dopo il modo tenero in cui si è preso cura di me ieri sera non voglio più che sia solo il mio uomo di fantasia. Voglio che diventi quello reale. Disperatamente.

Aspetto che smetta di martellare. «Sean.»

Lui mi dà un'occhiata veloce voltando la testa, appoggia il martello e si alza in tutta la sua altezza di stupenda perfezione. «Ehi, come ti senti oggi?»

Mi avvicino e gli metto le braccia intorno al collo. «Molto meglio. Grazie per ieri sera.»

I suoi occhi mi guardano bollenti e mi mette le mani intorno alla vita, tenendomi dolcemente. «Prego. È stata una tortura.»

«Lascia che ti aiuti.» Premo le labbra sulle sue in un bacio gentile che si intensifica in fretta. Mi tira contro di lui, con le mani che vagano su di me mentre la sua bocca divora la mia.

Il mio corpo vibra di piacere. Gemo piano e lui interrompe il bacio.

«Di sopra» ringhia.

«Sì.»

Mi afferra la mano, mi trascina di sopra e si ferma, al centro dello spazio quasi vuoto, di colpo incerto. «Sono sudato.»

«Lo so. Mi piace.»

Lui mi afferra, baciandomi e togliendomi i vestiti allo stesso tempo. Abbasso le mani sull'orlo della sua maglietta e tiro. Lui interrompe il bacio togliendosela con un veloce movimento a due mani. Gli passo le mani sul petto come avrei voluto fare ieri sera. Lui finisce di denudarmi in fretta, poi si spoglia e siamo incollati, mani che cercano, labbra, lingua e denti. È selvaggio e fuori controllo.

La sua mano scende in mezzo alle mie gambe. Preme forte con la base del palmo mentre infila le dita. Mi cedono le ginocchia e mi afferro al suo braccio per mantenere l'equilibrio.

«Così bagnata, così pronta» ringhia. «È da tanto che ti voglio.»

«Eri l'uomo delle mie fantasie» sussurro ansando.

«Eri la protagonista delle mie fantasie più belle.»

Riprende a baciarmi e io cavalco le sue dita senza vergogna, con i fianchi che si arcuano per aumentare il contatto. Sono travolta, da lui, dal suo tocco, dal suo odore virile, dall'intensità di ciò che sto provando. Sean mi mette la mano sulla nuca, spostando la bocca verso l'orecchio. «Appena sarai venuta ti scoperò così forte...»

Ansimo, con l'intensità che cresce.

«Ti piace quando dico sconcezze» mi sussurra all'orecchio e poi continua, portandomi sempre più vicina al precipizio. Una mano grande mi tiene per la nuca mentre l'altra spinge e strofina con un passo più veloce che mi lascia senza fiato. Oddio, sono così vicina. Apro la bocca per pregarlo di non fermarsi, ma non esce niente eccetto un lungo suono che sembra un lamento e poi esplodo, con il piacere che mi fa letteralmente cadere contro di lui.

«Bello» mi sussurra Sean all'orecchio, con la mano che rallenta gradualmente, guidandomi attraverso un'ondata di piacere dopo l'altra. Finalmente si ferma e mi aggrappo a lui, debole come un gattino.

Sean mi porta verso il materasso e mi fa sdraiare, allargandomi le gambe e fissandomi con gli occhi che scintillano.

Mi sento troppo bene per essere in imbarazzo. «Preservativo?»

«Sì» gracchia, distogliendo lo sguardo.

Va alla sua sacca e ne prende uno. Lo guardo mentre lo srotola. È grosso e duro come la roccia. Allungo le mani verso di lui, ansiosa di congiungermi con l'uomo che ho imparato ad ammirare in tutti i suoi aspetti.

Torna verso di me e si sistema tra le mie gambe. Mi aspetto una spinta veloce, invece mi scosta i capelli dal viso e mi bacia teneramente. Ho il cuore che martella, un'ondata di emozione che mi coglie di sorpresa. Non c'è mai stato nessuno che mi abbia trattato teneramente durante il sesso.

Mi penetra lentamente, causando una pressione deliziosa. Grugnisce, chiudendo stretti gli occhi. «Cazzo, cazzo, quant'è bello.»

«Anche per me.»

Intreccia le dita con le mie, appiattendomi le mani sul materasso e ruota i fianchi. Ansimo quando il piacere ricomincia. Continua a ondeggiare lentamente, ubriacandomi. Non ho mai provato niente di simile, una pressione che aumenta e mi toglie il fiato con ogni suo movimento. È troppo.

«Sean» dico quasi disperatamente.

«Sì, lo so.»

Mi bacia, mordicchiandomi il labbro inferiore e poi succhiandolo piano, distraendomi dalla spirale che si sta stringendo dentro di me, mentre il suo corpo continua a portarmi a livelli sempre più alti.

Sean alza la testa, fissando il suo sguardo acceso nel mio e tutto in me si libra sull'orlo dell'orgasmo. Il cuore martella, il respiro diventa affrettato. Ho bisogno di ciò che mi può dare solo lui. Lui continua a spingere e a ritrarsi, senza mai distogliere gli occhi. Lascia andare le mani che aveva inchiodato sul materasso e io gli afferro il sedere, cercando di tirarlo più vicino. Lui spinge a fondo, restando fermo mentre infila la mano tra i nostri corpi. Sobbalzo e poi precipito, col piacere che si irradia come un'esplosione, facendomi formicolare dalla cima della testa fino alle dita dei piedi.

Lui si spinge in avanti, con la bocca premuta sul lato del mio collo, colpi forti e profondi, aggiungendo piacere a piacere. Sento il suo gemito che vibra contro il mio collo quando si lascia andare, sprofondato dentro di me.

Lo tengo vicino, mentre riprendo fiato. Alla fine, dico: «Alla faccia della distrazione». È così che mi chiamava sin dall'inizio. Lo distraevo dal suo lavoro.

Lui alza la testa e sorride: «La migliore che c'è».

«Hai veramente un dono.»

«In che senso?»

«Bravo a letto.»

Lui mi bacia e rotola di fianco. «Bisogna essere in due, tesoro.»

Sento il calore che si irradia in tutto il corpo, il cuore che danza. Non riesco a nascondere il sorriso sciocco. Mi ha chiamato tesoro.

Sean

Resto lì, sdraiato sul materasso accanto a Josie, soddisfatto. È stato perfino più bello di quanto pensassi. La desidero da quando l'ho vista la prima volta e la tensione è cresciuta settimana dopo settimana. Mi sono trattenuto con ogni grammo di controllo che possedevo, ma poi non aveva ottenuto la parte e sembrava veramente che avesse bisogno di essere confortata. Mentirei se non ammettessi che una parte di me ne era felice. Non volevo farmi coinvolgere da qualcuno con un piede fuori dalla porta. Probabilmente ora resterà per un po', visto come vanno le audizioni, le attese, i rifiuti. Mi sento un po' in colpa perché voglio che resti qui a Brooklyn, ma non è che non esistano possibilità per lei in città. C'è il teatro, girano anche qualche show per la TV. Non tanti come a Los Angeles, ma comunque... Non sto dicendo che non dovrebbe lavorare. Dico solo che dovrebbe lavorare vicino a me.

Lei si appoggia coi gomiti sul mio petto e sorride. «Mi sento fantasticamente. Endorfine al massimo. Che cosa posso fare per aiutarti oggi?»

Accarezzo i suoi capelli morbidi. Le sue intenzioni sono buone, anche se non sa quello che sta facendo. «Puoi togliere le maniglie degli armadietti dalle scatole.»

«E installarle?»

«Quando avrò praticato i fori.» Non ho la minima intenzione di lasciare che li installi lei, devono essere perfettamente allineati.

«Che altro?»

«Che ne dici di togliere le erbacce in giardino?»

«Ma in questo modo non starò aiutando te.»

«Mi aiuteresti. È un lavoro da fare, per vendere questo posto. Il giardino deve continuare a essere in ordine.»

Lei mi bacia. «Stai solo cercando di tenermi fuori dai piedi.»

Le passo il pollice sul labbro inferiore. «Non voglio averti intorno che mi tenti tutto il giorno, non riuscirei a fare assolutamente niente se pensassi a come potrei invece fare sesso con te.»

Lei mi rivolge un lento sorriso sexy. «Questa sera.»

«Affare fatto.»

«O magari una sveltina pomeridiana?»

La tiro sopra di me e le avvolgo intorno le braccia. «Vorrei poter restare a letto con te tutto il giorno.»

Josie mi preme la guancia sul petto. «Anch'io.» Poi alza la testa. «Ma tu devi finire il lavoro. Che succederà quando Winnie venderà la casa? Dove andrai?»

«Sto ancora cercando un posto, aspetto che appaia qualcosa sul mercato. Se sono obbligato, posso restare per un po' con uno dei mei fratelli. Anche se non è la soluzione ideale. Finiremmo per darci sui nervi molto in fretta, se viviamo e lavoriamo insieme.»

Lei mi bacia di nuovo prima di alzarsi. «Farò prima il giardino. Non so quanto siano importanti le maniglie degli armadietti nell'ottica della ristrutturazione.»

«Vitali! Nessuno riuscirebbe ad aprire gli armadietti senza le maniglie.»

«Uh-uh.» Si veste e la osservo, desiderando di tenere a mente lo spettacolo. È la donna più sexy che abbia mai visto, tutte curve snelle e toniche. Una volta vestita batte due volte le mani. «Su, forza, al lavoro, capo.»

Mi alzo e l'afferro. Lei squittisce e poi ride quando la faccio roteare. La rimetto in piedi.

Josie mi sorride e sento gonfiarsi il petto. Tutta quella gentilezza sorridente rivolta proprio a me è una roba potente. «Che modo magnifico di cominciare la giornata. Grazie.»

«Grazie a *te*.»

Mi vesto e la guardo correre al piano di sopra. «Il giardino è dall'altra parte» grido.

«Lo so! Mi metto qualcosa con le maniche lunghe e prendo un cappello.»

Sto sorridendo, senza un motivo apparente e finisco in fretta di vestirmi. Se non starò attento, capirà esattamente quanto mi piace. Non voglio che abbia quel tipo di potere su di me. Devo mantenere le cose leggere e informali finché sarò sicuro di lei.

Torno in cucina, fischiettando. E non riesco a evitare di pensare che sia stato un inizio veramente promettente.

9

Josie

Riverso tutte le mie energie nello strappare le erbacce e dopo un po' comincia a piacermi. C'è qualcosa di bello nello scavare nella terra. La temperatura a fine aprile è gradevole, sui sedici gradi. Sean ha ragione. Il giardino posteriore è un punto di forza per la vendita perché non tutti a Brooklyn hanno un'area verde così bella. Per non parlare della doccia esterna. Non è divertente? Nella mente mi scorrono le immagini della mia mattina con Sean. Senza dubbio il miglior sesso della mia vita e non vedo l'ora di rifarlo.

Ore dopo finisco in giardino, coperta di terra e con un feroce desiderio per Sean.

Infilo la testa dalla porta posteriore. «Ehi, ho finito.»

Lui si alza da dov'è accucciato a fare qualcosa sotto l'isola di legno chiaro appena installata. «Eccellente.»

Faccio un po' il broncio, sporgendo il fianco. «Sono sporca. Sarà meglio che non venga dentro.» Faccio una pausa. «Tu però potresti.»

I suoi occhi scintillano. «Potrei.»

«Ci vediamo là.» Alzo il braccio sopra la testa e indico la doccia all'esterno.

Sento un brivido di eccitazione quando arrivo alla doccia,

dove ho scorto per la prima volta Sean nudo. Lascio scaldare l'acqua e mi spoglio, lasciando i vestiti sporchi sulla panchina. Spero che Sean porti gli asciugamani. Vado sotto il getto caldo e mi lavo con il sapone che c'è nel portasapone. Qualche minuto dopo sto cominciando a chiedermi se Sean ha cambiato idea. O forse non ha capito il mio suggerimento. Uffa. Ora devo correre in casa, bagnata e nuda.

Alzo la testa verso il cielo e grido con tutto il fiato che ho in corpo: «Sean!».

«Sono proprio qui.» Sobbalzo quando lo vedo.

«Mi stavi spiando?»

«Stavo lasciando che ti lavassi, come un vero gentiluomo.»

«Mmm, a me sembra proprio spiare. Hai portato gli asciugamani?»

«Sì.»

«Allora vieni qua, uomo meraviglioso.»

Lui sorride e si spoglia, raggiungendomi. Mi tira vicino, baciandomi con le mani grandi intorno al mio viso. Io mi sciolgo contro di lui. C'è qualcosa di francamente meraviglioso nelle sue mani irruvidite dal lavoro, così competenti e sicure. Come lui. La sua bocca non lascia mai la mia mentre mi passa le mani lungo le spalle e poi la schiena, risalendo verso il mio seno, accarezzandolo. I miei capezzoli si contraggono e Sean li strofina con i pollici prima di pizzicarli. Il desiderio si espande in una lenta ondata di calore.

I suoi occhi fissano i miei e il mio respiro diventa affrettato, vedendo l'intensità del sentimento. Non credo di immaginarlo. Prova quello che provo io e ciò che provo io è... Mi sto innamorando di lui.

Lui china la testa, appoggia la bocca sul seno, succhiandolo piano, lasciandomi pulsante di desiderio. Gli passo le dita tra i capelli, tenendolo contro di me. Vorrei dirgli che tengo a lui, ma non riesco a formare le parole. Spero che capisca che non è una cosa casuale, almeno per me. Lui passa all'altro seno, chiudendo dolcemente i denti sul capezzolo prima di succhiare forte.

«Sean. Ho bisogno di te.»

La sua mano preme in mezzo alle mie gambe e poi mi

strofina, dandomi ciò di cui ho bisogno. Ma mi serve di più. Lui alza la testa, raddrizzandosi, mentre studia la mia espressione. Non tento nemmeno di nascondere ciò che provo. Lo voglio, ne ho bisogno, tengo a lui più di quanto mi sia mai successo con un altro uomo.

Lui distoglie lo sguardo, e sento acutamente la perdita, come se mi avesse rifiutato apertamente. Si sta chiudendo. E lo so per certo che quando mi volta con la schiena contro di lui, negandomi il contatto degli occhi.

Mi mette una mano sul seno, l'altra scivola in mezzo alle mie gambe. «Sei pronta per me.»

«Più di te» riesco a dire, cercando di dare alla mia voce un tocco di durezza, ma mi manca troppo il fiato. Voglio che sia come questa mattina, che mi lasci avvicinare.

«Ne dubito.» Preme la sua erezione contro il mio sedere. «Sono più che pronto.» Mi strofina in piccoli cerchi che portano una spirale di piacere così intenso che smetto di pensare a qualunque cosa non siano le sue dita e ciò che mi danno. «Allarga le gambe.»

Faccio come chiede. Mi dà un pizzicotto e ansimo. Poi si allontana. Mi sposto, guardandolo prendere un preservativo, sperando di cogliere quell'espressione intensa nei suoi occhi che dice che prova ciò che provo io.

Lui incrocia il mio sguardo per un attimo prima di spostare gli occhi sul mio seno.

«Guardami» gli dico.

«Ti sto guardando» risponde prima di muoversi in fretta dietro di me, piegandomi in avanti e penetrandomi.

Mi toglie il fiato. Con un enorme sforzo, lo guardo voltando la testa. Ha gli occhi chiusi mentre afferra i miei fianchi e spinge forte. Mi manca lo sguardo tenero.

«Dolce Sean» dico, perché lo è e sta cercando di negarlo. Non vuole che veda che anche lui prova qualcosa per me.

Mi infila il dito indice in bocca, sorprendendomi. La sua voce è roca, intensa. «Succhia.»

Lo faccio e sono immediatamente ricompensata dalle sue dita che mi strofinano in mezzo alle gambe mentre lui continua le sue spinte lente e profonde. La mia mente si svuota completamente mentre il piacere mi sommerge in lente ondate. Sono delirante di desiderio, immediatamente sull'orlo di un orgasmo quando lui prende il controllo. Non resta nient'altro che piacere acuto e il suo respiro aspro accanto al mio orecchio. Mi toglie il dito dalla bocca e mi pizzica forte il capezzolo. Poi sposta la mano, prendendomi un seno e mi rialza finché ho la schiena appoggiata al suo petto mentre continua a spingersi forte.

Il suo nome è una cantilena che non riesco a smettere di pronunciare, il mio bisogno così forte che non riesco a dire altro. L'altra mano scende in mezzo alle gambe, picchiettandomi dolcemente a tempo con le sue spinte, facendomi impazzire. Il mio orgasmo è lì, appena fuori portata. «Sean, per favore!»

«Per favore cosa?»

«Fammi. Venire.»

Lui aumenta appena la pressione, proprio al punto giusto. Chiude i denti sul lato del mio collo e sento lo shock un attimo prima che l'orgasmo esploda. Grido, esultante, è la sensazione più forte che abbia mai provato. Lui stacca la bocca dal collo, mi afferra i fianchi con entrambe le mani e spinge più forte. Mi aggrappo alla cima della parete della doccia per restare in equilibrio. Ondate di piacere mi travolgono a ogni spinta. Sean emette un suono gutturale tirandomi forte verso di sé quando finalmente si lascia andare.

Stiamo entrambi boccheggiando. Io sto tremando, ho le gambe di gelatina. Lui si tira fuori e mi volto a guardarlo. La sua espressione per un attimo non è sotto controllo ed è feroce, possessiva. Mi tira verso di sé; mi stringe forte tra le braccia. È in quel momento che mi rendo conto che c'è più di un modo per un uomo come Sean di dimostrare che ci tiene. È una cosa fisica, una rivendicazione e io voglio che mi rivendichi.

∼

Oggi è il mio gran giorno: un incontro privato con *la* Claire Jordan. Faccio qualche respiro profondo prima di entrare nel

Luc's Bistro, in città, dove la incontrerò in una stanza privata. Claire Jordan! Sento lo stomaco che si contrae, i nervi tesi come corde di violino. Mi volto e torno sul marciapiede. *Respira, respira. Non metterti in imbarazzo dimostrandoti la fan sfegatata che sei.*

Cammino su e giù sul marciapiede, prendendo in considerazione di mandare un messaggio a Sean per tornare con i piedi per terra, ma è sabato e questo significa che ha bisogno di lavorare ininterrottamente alla casa di Winnie. È stato talmente un sogno tutta la settimana. Così tenero, sexy, follemente, intensamente appassionato. Arrossisco dalla testa ai piedi ricordando ieri notte quando mi ha inchiodato alla parete con le sue braccia forti e le sue spinte potenti. Oh, non va. Adesso sono eccitata e invece dovrei concentrarmi sull'incontro con Claire Jordan.

Claire Jordan!

Mi costringo a respirare piano e a fondo, passandomi le mani sudate sulla gonna nera diritta. Indosso anche una blusa bianca con un tocco di colore nella collana a grossi grani rossi. Spero di non essere troppo elegante. È solo che, oddio, Claire era incredibile nei film della trilogia *Fierce* e, prima di quelli, mi aveva ispirato la sua interpretazione della leader di una gang nel film post-apocalittico *Blue Haze*. E sta producendo altri film fantastici con la sua casa di produzione, la Red Jewel Films, alcuni tratti da sceneggiature, altri da libri. Sta facendo uscire storie veramente originali e adoro ognuno dei film che ha fatto. Okay, non ho intenzione di chiederle di farmi lavorare in uno dei suoi film. Non la sto incontrando per quello. Sono qui per imparare. Ecco tutto.

Okay, faccia da attrice professionista e via!

Torno dentro e do il mio nome alla hostess, dicendole che devo incontrare Amelia Hart, che è il nome che Claire usa quando vuole restare in incognito. Ho sentito che una volta usava il nome Jenny. La storia è che ha smesso di usarlo quando ha finto di essere Jenny, una-ragazza-della-porta-accanto per un appuntamento con un tipo normale, che poi è diventato suo marito. La storia è online, lo so. Lei è il mio idolo.

Al mio fianco appare un uomo hawaiano, dall'aspetto minaccioso, con la testa rasata e muscoli così grossi che tirano il tessuto della sua t-shirt nera. Dev'essere la sua guardia del corpo. «L'accordo di riservatezza» dice, porgendomi un foglio da firmare.

Do un'occhiata e firmo in fretta. Non tradirei mai Claire Jordan, ma capisco la sua cautela.

Mi indica di seguirlo. Andiamo verso una stanza sul retro, chiusa. Lui passa una schedina e poi apre la porta, facendomi segno di entrare. La porta si chiude alle mie spalle e, di colpo, siamo solo io e *lei*. Gli altri tre tavoli sono vuoti e la sua guardia è rimasta fuori dalla porta.

Fisso Claire, seduta a un tavolo rotondo con la tovaglia bianca, che sorseggia acqua frizzante. I capelli biondi che le arrivano alle spalle sono lisci, la sua espressione composto e sicura di sé. Indossa un abitino senza maniche bianco e nero, che mi rassicura che non sono troppo elegante. «Salve», dice con la sua voce pastosa e roca. «Tu devi essere Josie.»

Vado avanti tendendo la mano. «Sì. È così bello conoscerla.» Faccio qualche goffo passo in avanti con la mano tesa, finché finalmente la raggiungo e lei me la stringe. «Sono una sua grande fan.»

Lei sorride benevolmente. «Grazie. Spero non le dispiaccia se ho cominciato a mangiare il pane prima del tempo.» Indica il cestino del pane. «Ho la nausea mattutina, aspetto il figlio numero tre. Lo tenga per sé, okay?»

Annuisco vigorosamente e mi siedo. «Assolutamente. Ho firmato un accordo di riservatezza, ma anche senza quello, giuro che non direi ad anima viva qualcosa di cui abbiamo parlato. Sono così grata di essere qui. Come stanno Owen e Harper?» Alzo una mano. «Non sono una stalker. Faccio solo ricerche online sugli attori di cui ammiro la carriera e appare anche roba personale.»

«Ah, okay. É amica della principessa Silvia, giusto? Hailey ne ha parlato con calore. Hailey è una mia buona amica.»

Annuisco e mi dico di smetterla di annuire tanto. «Sì, esco... sto... mmm. Non sono sicura di come definirlo, ma Sean è suo cugino. Il cugino di Silvia, intendo dire. Conosco bene Sean. Molto bene.» Mi bruciano le guance. *Non parlare di cose di sesso con Claire Jordan.* Mi schiarisco la voce. «Silvia è stata molto gentile con me. Non conosco personalmente Hailey. I suoi figli sono adorabili.»

«Grazie. Stanno bene. Adesso sono con mio marito.» Sorride e i suoi occhi nocciola si illuminano. L'effetto è ancora più straordinario di persona che sullo schermo. «Owen ha tre anni e mezzo e gli piace giocare a calcio e tirare ogni tipo di palla. È atletico come suo padre. Harper ha due anni. Temo che abbia il mio temperamento drammatico. È un bel peperino.»

«Sembrano meravigliosi. Deve avere una famiglia meravigliosa.»

Lei sorride. «Sì, è vero.»

Fa un cenno in direzione della porta in fondo alla stanza con una piccola finestra e arriva un cameriere con i menu. Ne prendo uno. Ci sono solo tre alternative e non ci sono i prezzi. Spero di potermeli permettere.

Lei ordina il salmone, io un'insalata di spinaci calda. Quanto può costare un'insalata?

Quando il cameriere se ne va, Claire dice: «Spero non si stia affamando per avere un certo look. Adesso nell'industria dello spettacolo accettano tutti i tipi di figura».

«No. È che mi piace veramente la verdura.»

«Allora, mi parli di lei. Come sta andando la sua carriera?»

Sospiro e decido di essere sincera. La carriera di Claire è decollata quando era giovane, ma capirà certamente com'è difficile là fuori. «Non bene come la sua, ma resto positiva. Mi è piaciuta la trilogia di *Fierce* e *Neighborly Attraction* e *Pleasant Town* e *Blue Haze*. Oh, ce ne sono troppi per menzionarli tutti. Cerco di fare ricerche su attori con carriere che ammiro ed è per quello che so tanto di lei.»

Lei si china in avanti. «Sembra nervosa. Non ce n'è bisogno. Sono come lei, un'attrice che cerca di lasciare il segno. Questa non è un'audizione. Solo una conversazione. Mi piace restituire qualcosa quando posso e mi sarebbe piaciuto avere una conversazione sincera con un'attrice esperta quando io ero ancora inesperta. Silvia ha detto che sta appena cominciando.»

«Non riesco a immaginarla inesperta. Lei ha avuto successo molto giovane e adesso è lanciata.»

Lei prende un pezzetto di pane e mastica. «Scoprirà che ogni nuovo livello ha le sue sfide. Non è mai una cosa finita, non c'è un punto in cui ti guardi attorno e dici: "Sono un successo, posso smettere di lavorare così duramente".»

«Oh.»

Lei beve un sorso d'acqua. «Ma ci sono cose che diventano più facili. Non devo più fare audizioni. Mi mandano le migliori sceneggiature e posso produrre i miei film e recitare, se ne ho voglia. In effetti, c'è qualcosa che le raccomanderei se non l'ha già fatto. Crei un contenuto e lo metta online. Un mucchio di attori hanno ottenuto contratti in quel modo.»

«Non sono un gran scrittrice, ma potrei tentare.»

«Al giorno d'oggi, gli attori devono essere un po' di tutto: attori, scrittori, registi, produttori.»

«Comici.»

«È un'attrice comica?»

«Sì. Cioè a volte faccio delle scenette. Mi piacciono i ruoli comici. Mi piacciono tutti i ruoli. Vorrei poter scegliere e non essere inquadrata in un solo genere.»

Lei annuisce, prende un altro boccone di pane e mastica. «Mi dispiace per tutto questo masticare. Devo sistemare lo stomaco.»

«Nessun problema. Completamente comprensibile.»

«Io sono stata molto fortunata a ottenere molto presto una parte in un film che è stato un successo. Mi ha offerto grandi opportunità. Non è solo questione di duro lavoro. È questione di tempismo e un po' di fortuna.»

«Sì, sono d'accordo. Grazie per averlo detto.»

Riappare il cameriere che ci offre delle piccole ciotole di zuppa di melone fredda. «Con i complimenti dello chef.»

«Grazie» dico.

«Grazie» mormora Claire.

Ne prendo una cucchiaiata. «È così saporita.»

Ne prende una cucchiaiata anche lei. «Lieta che le piaccia.

Vengo qua spesso con mio marito quando vogliamo mangiare in privato. Allora, mi parli della sua esperienza finora.»

Appoggio il cucchiaio e non so se estrarre la mia fotografia e il curriculum dalla mia enorme borsa. No, non è quello che ha chiesto. Questa non è un'audizione. «Ho girato la pubblicità di un profumo che è andata in onda lo scorso Natale, una serie di video educativi sulle biblioteche e parecchi film studenteschi all'Università di NY. È lì che mi sono laureata in arti drammatiche. Vado regolarmente alle audizioni e ho recitato in tre episodi pilota di sitcom che non sono state accettate. Mi piacerebbe lavorare nei film. Mi piacciono veramente i film, quindi quello è il mio obiettivo.»

«È splendido. Io non mi sono laureata e mi sono sempre chiesta che cosa mi sono persa. Ho fatto dei corsi e imparato lavorando. Nel mio primo film mi avevano assegnato un istruttore personale, che ho usato per un po' finché mi sono sentita sicura di me stessa.»

«Percorsi diversi.» Anche se non devo chiedermi perché abbia ottenuto il suo primo grande ruolo. Ha un aspetto e una personalità che semplicemente bucano lo schermo e la sua voce attira l'attenzione con il tono pastoso e roco.

«Spero che abbia portato la sua fotografia e il curriculum.»

Sussulto. «Sì. Certo! Non sapevo se avrebbe voluto vederli.» Prendo la borsa, apro la zip e prendo la fotografia che ha il curriculum sul retro. Gliela passo. «C'è un video che può guardare sul mio sito web. L'indirizzo è sul curriculum. Solo il mio nome, Josie Abbott.»

Oddio, sto blaterando. Calmati Josie!

Lei dà una scorsa al curriculum e poi prende il telefono. «Controllerò subito il suo video.»

Mi si stringe lo stomaco. Perché la gente insiste a farlo davanti a me? Devo smettere di menzionarlo. «Certo» riesco a dire. Mi concentro sulla mia zuppa mentre sento la mia voce uscire dal telefono. Non ho il coraggio di guardare la sua espressione. Potrebbe essere completamente indifferente o delusa. E se pensasse che questa chiacchierata è stata una completa perdita di tempo da parte sua? Mi ha incontrato nonostante la nausea mattutina. Non era certamente obbligata a farlo.

«Ho veramente apprezzato il fatto che mi abbia incontrato.»

Lei alza un dito mentre guarda il mio video.

«Scusi.» Arrotolo il tovagliolo che ho in grembo, aspettando il verdetto.

Lei sorride e ripone il telefono. «Grazie al cielo è veramente brava. Temevo di dover fingere che non fosse così male.»

Sorrido come un'idiota. «Grazie! Sono così contenta che le sia piaciuto.»

«Che ne pensa dei fantasy?»

Sento il cuore che accelera. Oh mio Dio. Ha intenzione di offrirmi una parte in uno dei suoi film?

«Mi piace. Aveva qualcosa in mente?»

Appare il cameriere che porta via le ciotole. «Il pranzo arriverà tra un momento.»

Sono sul bordo della sedia e aspetto che se ne vada.

Claire lo ringrazia e poi si volta a guardarmi. «Ho comprato i diritti di un fantasy epico *Labyrinth Unraveled*.»

Squittisco e mi sbatto la mano sulla bocca.

Lei sorride. «Ne ha sentito parlare?»

«Sì, leggo letteratura YA. Posso passare per una teenager.» In *Labyrinth Unraveled* una strega adolescente trova finalmente una tribù di gente come lei che alla fine rovescia la distopica società patriarcale. È praticamente il ruolo di una vita! Con un'enorme base di fan. Un film con la protagonista donna. Tutto ciò che ho sempre sognato. Sto respirando forte. *Non andare in iperventilazione. Ahh!*

Lei continua. «Sono d'accordo. Sembri giovane. Vogliamo una Sophie sconosciuta per il ruolo, in modo che il pubblico non abbia idee preconcette che la leghino a un ruolo precedente.»

Sono talmente eccitata che mi agito sulla sedia. *Finalmente essere una sconosciuta sta pagando.* «Ha senso» riesco a dire con una voce che sembra calma.

«Stiamo cercando qualcuno dai diciotto in su per questo

ruolo. Comunque, il libro è lungo, quindi per rendergli giustizia faremo due film, girati insieme. Abbiamo fatto una ricerca globale per trovare Sophie, veramente enorme. Abbiamo guardato cinquemila candidature, con video, che abbiamo ridotto a trecento per i provini e non l'abbiamo ancora trovata. La metterò in contatto con la nostra direttrice del casting e potrà dirle che l'ho vagliata io personalmente, in modo che i suoi occhi non comincino a velarsi. Niente promesse però, ok?»

«Grazie! È così generoso da parte sua!»

Lei alza una mano. «Le sto solo consentendo di mettere un piede dentro la porta, nient'altro. Abbiamo bisogno di qualcuno che sia in grado di dare a Sophie un po' di *gravitas*, pur essendo credibile come una diciassettenne. È una donna forte, competente. Ha fegato.»

«Mi piace! Potrei sicuramente interpretarla.» Prendo il telefono e, per l'eccitazione, lo lascio cadere. «Cavolo.» Non mi posso permettere di sostituirlo. Lo raccolgo dalla moquette. Grazie al cielo funziona. «Qual è il numero della direttrice del casting?»

Lei prende il telefono e me lo detta.

Vorrei chiamarla subito e cominciare a prepararmi per il ruolo, ma mi rendo conto che sarebbe scortese. «C'è qualcosa che posso fare per lei? Ha bisogno di una babysitter? Qualcuno che le faccia le commissioni? Qualunque cosa!»

Lei si mette a ridere. «Sono a posto, ma grazie per essersi offerta. Lo fanno in pochi. E dovrebbe sapere che gireremo a Vancouver per sei mesi. Funzionerebbe per lei?»

«Assolutamente.» Il mio sorriso si smorza quando mi rendo conto che significherebbe dire addio a Sean. Siamo coinquilini da sole tre settimane e insieme da una, ma non posso fare a meno di pensare che sia l'inizio di qualcosa di significativo. «Quando cominciano a girare?» dico ridendo di me stessa e aggiungo cambiando voce: «Chiese ottimisticamente».

«A settembre.»

Arriva il pranzo e cominciamo a mangiare. La mia mente continua a tornare a Sean. Siamo all'inizio di maggio. Se saremo ancora insieme per settembre, potremmo tentare una relazione a distanza. Sono solo sei mesi. Saremmo stati insieme solo cinque mesi per allora. Sean accetterebbe di venire a trovarmi? Oppure sarà lontano dagli occhi, lontano dal cuore?

Do un'occhiata a Claire che alza gli occhi e mi rivolge un sorriso a labbra chiuse mentre mastica. «È difficile per lei quando sta filmando ed è lontana dalla sua famiglia?»

«Oh, no. La mia famiglia viene con me. Questo mestiere mette a dura prova le relazioni. Deve assicurarsi di avere un partner che sostenga la sua carriera. Mio marito, Jake, veniva sul set con me anche prima che ci sposassimo. Era completamente coinvolto e lavorava da remoto quando doveva farlo. Poi ha cominciato a lavorare per la mia società di produzione. Ora che ci sono i bambini, viaggiano anche loro con noi. Anche se, con questa gravidanza, mi sento più stanca e ho dovuto rallentare un po'. Ho una bella squadra alla Red Jewel Films e potrebbe aver notato che sono due anni che non recito in un ruolo principale.»

«Ma *One Charmed Night* è uscito a Natale. Oh, era stato girato prima?»

Lei si pulisce la bocca con il tovagliolo. «Sì, a volte devono tener fermo un film per lanciarlo in certi periodi dell'anno.»

Penso a ciò che ha detto di un partner solidale mentre ricomincio a mangiare. Quando avevo perso l'opportunità con l'episodio pilota, Sean era stato veramente incoraggiante e mi aveva confortato. È stato allora che ci siamo messi insieme. Mi fermo. È stata una coincidenza oppure non aveva voluto stare con me finché non era stato sicuro che non me ne stavo andando? Mi sosterrebbe se la mia carriera dovesse decollare?

«Va tutto bene?» mi chiede Claire.

Mi riscuoto. «Stavo solo riflettendo su ciò che mi ha detto. Grazie per il consiglio. Penso che il mio ragazzo, beh, non saprei come etichettarlo ufficialmente, ma credo che mi sosterrebbe. Non lo so, però, dato che finora non ho mai avuto qualcosa che mi portasse lontano per un certo tempo. Spero di scoprirlo un giorno, e che la risposta sarà positiva, sia dal punto di vista della carriera, sia dal punto di vista relazionale.»

Lei prende un boccone di purè di patate, mastica e poi aggiunge. «Alcune mie amiche hanno scelto modi diversi, ad esempio, se il marito non può viaggiare con loro, cercano di non restare divisi per più di due settimane. Comporta un mucchio di viaggi avanti e indietro. E può essere pesante. Immagino che sarebbe meglio parlarne con il suo partner e decidere che cos'è meglio per entrambi.»

«Sì, ha senso.» Cerco di sorridere ma non ci riesco. Non ho mai avuto un uomo che mi interessasse abbastanza da dovermi preoccupare per queste cose. Sto correndo troppo. Non so se avrò la parte nel suo favoloso film e non so nemmeno a che punto sono con Sean. Anche se so che ci tiene a me. È nei suoi occhi, in come mi tocca, anche se non lo dice a parole.

Finiamo di mangiare, chiacchierando dei nostri film preferiti e mi racconta perfino le azioni buffe dei suoi bambini. Diventano veramente matti con le bolle quand'è ora di fare il bagno. È così dolce! Claire è sorprendentemente alla mano e sono così grata che mi stia dando questa possibilità. Poi prende la sua borsa. «Devo rientrare, ma è stato bello pranzare con lei»

«Oh, anche per me! Non so come ringraziarla per la sua generosità, sia per il suo tempo e i suoi consigli sia per il piede dentro la porta. Tutto. Penso di essere una sua fan ancora più di prima, ed è folle. Non nel senso di pazza.» Faccio una smorfia. «Mi scusi, a volte divento un po' troppo entusiasta.»

«Ah! Si figuri!» Si alza e mi tende le braccia. Io corro intorno al tavolo e l'abbraccio.

«Grazie» ripeto quando mi stacco.

Lei sorride. «Il miglior ringraziamento sarebbe cercare di aiutare qualcun altro, quando potrà.»

«Lo farò!»

Lei va verso la porta. Ha un aspetto così raffinato e sofisticato. Resto lì per qualche minuto, cercando di elaborare tutte le cose fantastiche che sono successe in questa stanza, prima di rendermi conto che dovrei andarmene anch'io. Prendo la borsa e mi dirigo verso l'esterno, cogliendo per un momento la sua figura mentre la sua guardia la segue fuori dall'edificio.

Aspetto un attimo, in modo che non sembri che la stia seguendo. È in quel momento che mi rendo conto che deve aver pagato il pranzo per me. Claire Jordan mi ha offerto il pranzo! Ho decisamente intenzione di sdebitarmi anch'io, come mi ha consigliato.

Okay, adesso andiamo a prepararci per la fama! Il ruolo di una vita.

10

___

Sean

Sono esausto, ma ne è valsa la pena. Al lavoro abbiamo iniziato le opere sul primo progetto della Rourke Management, con tanta stampa favorevole intorno (alla gente piace che facciamo parte della famiglia reale di Villroy) e qui a casa sto facendo grandi progressi con la ristrutturazione e Josie. Non che lei sia un progetto. È una pura meraviglia. Rende più luminose tutte le giornate. Adoro tornare a casa da lei, cenare con lei, averla nel mio letto. E, anche se a volte perdo un po' di sonno a causa della tentazione che rappresenta, non ho rimpianti. Sono tre settimane che stiamo insieme e che posso dire? Mi rende felice. Mi sento più simile al mio vecchio io scanzonato. Ridiamo tantissimo.

Oggi è sabato e ho smesso di lavorare nel tardo pomeriggio per portarla fuori a cena. Domani partirà per la California per il provino per un film importante con la società di produzione di Claire Jordan. Alla direttrice del casting è piaciuto il video che le aveva mandato due settimane fa e ha richiesto un provino in studio. Le probabilità sono contro di lei; un sacco di attrici hanno fatto il provino, ma lei resta ottimista. Sono fiero di lei. E starà via solo una settimana. La sua agente le ha procurato altre audizioni a Los Angeles mentre è là. Tutto ciò che interessa a Josie è il film di Claire.

Stasera la porterò in un posto carino. È di sopra a prepararsi e mi ha detto di non sbirciare. Vuole sorprendermi con il suo vestito.

Finisco di prepararmi e scendo ad aspettarla. La cucina sta venendo veramente bene. Stimo di finire in una settimana. Ho programmato le ispezioni per la settimana successiva. In qualche modo ce l'ho fatta. Winnie mi ha messo il pepe al culo con la sua scadenza e sembra che la casa sarà sul mercato il primo di giugno, proprio come voleva lei.

Ho firmato un contratto d'affitto di sei mesi per un appartamento vicino al mio posto di lavoro, anche se spero sempre che qualcosa arrivi sul mercato in questo quartiere. Quando ho chiesto a Josie dove pensava di stare, una volta venduta la casa, ha risposto che, se necessario, sarebbe potuta andare a Nashville dai suoi genitori e restarci per un po'. Non voglio che sia così lontana da me. Una parte di me vorrebbe che si trasferisse semplicemente da me. È troppo presto?

Suona il campanello, vado alla porta e vedo una testa bionda familiare. È Winnie che è venuta a controllare. Sono sorpreso che non si sia fatta viva prima, visto quanto mi ha tormentata con i suoi messaggi.

Apro la porta e la metto al corrente dei progressi, dato che ho una prenotazione per la cena e non voglio perderla. «Ehi, Win. Va tutto secondo i programmi. Dovresti essere in grado di mettere in vendita la casa il primo di giugno, come avevi chiesto.»

Lei entra. Ha i capelli biondi raccolti in una coda di cavallo, il volto insolitamente pallido. È vestita bene, come sempre, con un abito verde chiaro a fiori e sandali beige. «Scusami per averti imposto la scadenza. Non avrei mai dovuto farti tante pressioni per finire presto.»

Sono momentaneamente senza parole. Lavoro giorno e notte da settimane e adesso le dispiace? Mi riprendo. «Allora, dopo tutto, non vuoi venderla?»

«Non lo so.» Sembra che stia per mettersi a piangere.

Agita una mano indicando la stanza. «Sono sicura che sia tutto bellissimo.»

«Che cosa c'è che non va?»

Le trema il mento. «Colin e io ci siamo lasciati. Voleva che mi facessi rifare il seno per il matrimonio. Gli interessava solo l'aspetto esteriore.» Le brillano gli occhi per le lacrime ma è difficile provare compassione per la sua rottura dopo il modo in cui mi aveva piantato in asso per stare con lui. «Pensavo che fosse profondo, sai? Aveva un vero interesse per l'arte, ma per lui era solo uno status symbol.»

Vuole ritrasferirsi qui? Guardo alle sue spalle. Niente valigia.

Le scende una lacrima dall'occhio e rotola sulla guancia.

Lancio un'occhiata di sopra, prendendo in considerazione di chiamare Josie perché si occupi di sua cugina. Poi però decido di lasciare che Josie finisca di prepararsi per la nostra serata speciale. Cercherò di sbrigarmela in fretta con Winnie. «Mi dispiace. Che programmi hai?»

Lei tira su col naso. «Mi sono detta che non avrei più pianto. Fammi vedere il bel lavoro che hai fatto.» Va in cucina, apre gli armadietti e passa il dito lungo l'isola dal ripiano di teak. «È bella.»

«Grazie.»

Lei viene dalla mia parte. «Sapevo che avresti fatto un buon lavoro.»

«Vuoi vedere di sopra? Dall'ultima volta in cui sei stata qui ho finito i bagni, ho ripitturato le stanze con colori neutri e ritoccato le modanature e le porte.»

Lei sospira, tremante. «Volevo dirti di quanto mi dispiace per il modo in cui ti ho lasciato. So che è stato brusco e insensibile da parte mia. Sono stata una sciocca e lo rimpiango.»

«Va tutto bene, Winnie. Sto bene ed è stato tanto tempo fa.»

Lei stringe le labbra. «Sei un uomo migliore di quanto sia mai stato lui. Ho permesso che mi facesse girare la testa con i viaggi di lusso e i regali. Sei tu il vero gentiluomo. Non avrei mai dovuto lasciarti e, se non è troppo tardi, vorrei che tornassimo insieme.»

Mi strofino la nuca. Non ho mai nemmeno preso in considerazione di tornare con lei, in nessuna circostanza. Appena mi ha lasciato per un altro uomo, ho tagliato i ponti. E adesso c'è Josie. Come faccio a spiegarle che adesso sto con sua cugina?

«Sean?» mi chiede Winnie con un accenno di incertezza nella voce.

«No, non voglio tornare insieme.»

Josie scende le scale, stupenda in un miniabito blu scuro con una profonda scollatura a V e maniche trasparenti. La borsetta rossa è dello stesso colore del suo rossetto. Uno slancio di affetto mi fa desiderare di prenderla tra le braccia e baciarla.

Vado da lei. «Sei bellissima.»

«Grazie» dice, guardando oltre la mia spalla. «Ciao, Winnie. Non sapevo che saresti passata.»

Mi volto a guardare Winnie. Capisco che sta mettendo insieme i pezzi. Josie e io vestiti per una serata fuori. La nostra familiarità. Josie non mi sta toccando, ma mi sta molto vicina, com'è abituata a fare.

«Voi due state insieme?» chiede Winnie con un filo di voce.

«Sì» rispondo.

Winnie si volta a guardare Josie con gli occhi socchiusi. «Perché non me l'hai detto?»

«Sono stata presa» dice Josie. «E mi dispiace. Te l'avrei detto appena fossi stata sicura che avevamo un futuro.»

«Ed è così?» chiede Winnie, guardandoci.

Colgo lo sguardo di Josie. Lei mi guarda con affetto. Riesco a leggere così facilmente la sua espressione. Sono importante per lei quanto lei lo è per me. Non è solo sesso. È reale.

«E tu!» sbotta Winnie, puntando un dito verso di me, sorprendendomi. Avevo quasi dimenticato che era qui. «Mi sono fidata di te perché ti prendessi cura di mia cugina, non perché la seducessi!»

«Non sono un eunuco, Winnie. Inoltre, Josie ha ventiquattro anni. Direi che sa quello che vuole.»

«E vuole te?» chiede Winnie.

«Sì.»

Do un'occhiata a Josie che mi guarda ansiosa. «Sì.» Le metto un braccio intorno alle spalle. «Potremmo avere un futuro.»

Il volto di Josie si illumina con un sorriso mentre mi guarda negli occhi. Sento il cuore che si gonfia. Si volta verso Winnie e lo faccio anch'io. Spero che Winnie riesca a capire l'antifona, che non c'è motivo di restare. Non tornerò più con lei.

Winnie dà un'occhiataccia a Josie. «Tu avresti dovuto essere dalla mia parte, non pugnalarmi alle spalle.»

Josie risponde con calma. «Sei fidanzata con un altro.»

Le sussurro all'orecchio le ultime notizie. «Si sono lasciati.»

Josie inclina la testa e continua. «So che è un po' imbarazzante.»

«Un po' imbarazzante?» le fa eco Winnie. «È orribile. Così, adesso dovrò vedervi pomiciare ogni giorno del ringraziamento e a Natale?»

Josie alza la testa. «Se volevi Sean, perché lo hai lasciato?»

Winnie si stringe le braccia intorno al corpo. «Ero confusa. Colin mi ha fatto girare la testa con i suoi regali sontuosi e i viaggi costosi.»

«Mi sembra che siano stati i soldi a farti girare la testa» dice piano Josie.

Silenzio. Giudizio severo. Vero ma severo.

Winnie stringe le labbra per un momento prima di dire: «Vi voglio fuori entrambi. Questa è casa mia e mi trasferirò qui».

«Non puoi trasferirti mentre i lavori sono ancora in corso» le dico. «Sii ragionevole.»

«Colin ti ha buttato fuori?» le chiede Josie.

«No, ha ancora il suo appartamento accanto all'ufficio.»

Josie le si avvicina e le mette una mano sul braccio. «Lascia che Sean finisca il lavoro. Poi potrai vendere la casa a un buon prezzo e comprarti qualcosa per te, un nuovo inizio.»

Winnie scoppia in lacrime.

«Oh, Winnie» Josie cerca di abbracciarla, ma Winnie si scosta bruscamente e corre verso la porta.

«Devo assicurarmi che stia bene» dice Josie.

Alzo una mano, assicurandole che capisco. Non mi aspettavo niente di meno. Mi aveva detto che, mentre crescevano, Winnie per lei era una specie di sorella maggiore. Comunque, spero che non ci metta molto. Questa avrebbe dovuto essere la mia serata speciale con Josie. La nostra ultima notte prima che sia lontana per la prima volta da quando ci siamo conosciuti.

Josie

Devo correre con le scarpe dal tacco alto e mi rallenta mentre seguo Winnie. Sta camminando in fretta lungo la strada, diretta al parco. La raggiungo quando crolla su una panchina e si prende la testa tra le mani, con le spalle che vanno su e giù. Oddio, mi sento malissimo. Non ho mai visto Winnie singhiozzare in questo modo.

«Winnie» dico dolcemente, sedendomi accanto a lei. «Ti voglio bene, non avrei mai voluto ferirti.»

«Vai via.»

«Dai. Tu ci sei sempre stata per me. Lascia che ti aiuti. Stai piangendo per Colin o per Sean?»

«Per entrambi!»

«Vuoi che smetta di vedere Sean?»

Lei alza la testa. Ha gli occhi e il naso rossi. «Lo faresti?»

Esito prima di ammettere la verità. «No.»

«Lui ti ama» la sua voce sembra soffocata. «Si capisce da come ti guarda.»

Ho il cuore che batte forte, le guance rosse. «Lo spero, perché anch'io mi sto innamorando di lui. Mi dispiace tanto che non abbia funzionato come volevi con Colin. Che cos'è successo?»

Mi racconta che a lui interessano più i soldi e lo status

sociale di quanto gli interessi lei e non posso dire di essere sorpresa. È un uomo freddo e calcolatore ed era chiaro che queste cose erano importantissime per lui. Speravo solo che Winnie non rientrasse nella categoria dello status sociale. Lei lavora in una galleria d'arte e ha uno stipendio decente, ma non è mai stata ricca. Forse la vedeva come qualcuno da poter modellare per farla diventare la perfetta moglie status symbol. Chi chiede alla sua futura sposa di rifarsi il seno prima del matrimonio? Che coglione.

«Win, non ti merita. Il modo in cui ti ha trattata non è giusto.»

Winnie fa un respiro profondo. «Sono incinta.»

«Oh, mio Dio! Colin lo sa?»

«No.» Winnie si mette la mano sulla pancia piatta, guardandola. «L'ho scoperto solo oggi. Voglio tenere il bambino e stavo cercando di capire che cosa fare con Colin.»

Non mi sorprende che voglia tenere il bambino. Ha trent'anni e non vedeva l'ora di sposarsi e avere figli. «Devi dirglielo.»

Lei si morde il labbro tremante. «Temo che cercherà di ottenere la custodia. Lui può permettersi di assumere i migliori avvocati.»

Sto pensando agli avvocati e ai soldi quando mi rendo conto di com'è strano che sia andata a vedere Sean durante questa crisi. Se fosse venuta per me mi avrebbe avvertito prima. Poi ho questo pensiero veramente orribile. Mi volto a guardarla. «Volevi che Sean pensasse che era suo? Avevi intenzione di tentare di tornare insieme e poi annunciargli che eri incinta un mese dopo? È per questo che sei qui?» La mia voce cresce di volume alla fine, ma non riesco a farne a meno. Sean era la parte lesa nella loro relazione e non si merita altro dolore.

«Non lo so!» grida. «Più pensavo a Sean, più mi rendevo conto di quanto fosse migliore di Colin. Un uomo migliore in tutto e per tutto. Sarebbe stato un buon padre.»

Mi infurio sempre di più. «Non è giusto nei suoi confronti!»

«Sono andata nel panico!» Si stringe nelle spalle e si allontana come se io fossi una minaccia fisica. «Per favore, non urlare con me. Non so che cosa sto facendo. Sono confusa, in preda agli ormoni e spaventata a morte.»

Addolcisco la voce. «Non puoi imbrogliare Sean e fargli credere di essere lui il padre.»

Lei si avvicina nuovamente a me, stringendosi le mani in grembo. «Non ha importanza. Gli ho chiesto di tornare insieme e ha detto no. Non vuole me. Vuole te.»

Maledizione. Non riesco a credere che gli abbia chiesto di tornare con lei mentre io ero di sopra. Poi ricordo che non sapeva che Sean e io stessimo insieme e l'indignazione si attenua.

La osservo. È tesa e ansiosa e mi sento male per lei. Ha perso Sean scegliendo un partner molto peggiore. So che si è scavata la fossa da sola, ma le voglio bene e si trova in una situazione difficile, incinta, piena di rimpianti per la fine del roseo futuro che sognava con Colin. «Okay, teniamo Sean fuori dal quadro. Ti starò vicina in ogni modo possibile. Un passo alla volta. Vedrai che andrà tutto bene.»

Lei annuisce, con gli occhi pieni di lacrime. «Grazie.»

L'abbraccio e questa volta mi lascia fare.

11

Josie

Non ci era voluto molto prima che Winnie decidesse di chiamare la sua matrigna per organizzarsi e andarla a trovare. Sono molto amiche. Winnie ha preso la metropolitana per tornare nel suo appartamento e fare le valigie. Io ho mandato immediatamente un messaggio a Sean per fargli sapere che potevamo ancora andare a cena e mi sono affrettata a tornare a casa. È la nostra ultima notte prima di andarmene per una settimana.

Parlo a Sean dell'accordo con Winnie mentre aspettiamo sul divano che arrivi l'auto. Il ristorante è troppo lontano per arrivarci a piedi, con questi tacchi alti.

«Stai scherzando?» sbraita lui. «Stava cercando di ingannarmi e farmi credere di essere il padre di un bambino non mio?»

«Non sto dicendo che fosse giusto. E comunque non ce l'avrebbe mai fatta perché non vuoi più stare con lei.»

«Puoi darmi torto?»

«No, ma col senno del poi si è resa conto dell'errore fatto lasciandoti. Non hai mai fatto qualcosa di cui ti sei pentito?»

«No.»

Gli prendo la mano e la stringo. «Dai, succede.»

«Come fai a essere così comprensiva? Ha cercato di sfrattarci entrambi e di incasinare tutto.»

«È sempre stata gentile con me. Le voglio bene e, quando si vuole bene a qualcuno, gli si perdonano molte cose.»

Sean resta in silenzio per un momento. «Quindi immagino che abbia accettato il fatto che noi due siamo insieme?»

«Non direi che le sia passata completamente, ma in questo momento ha problemi più grossi cui pensare.»

Lui china la testa e mi dà un bacio. «Sono contento che te ne sia occupata tu e non io. Io mi sarei solo infuriato.»

«Giustamente. È in buone mani con la sua matrigna, da cui probabilmente avrebbe dovuto andare fin dall'inizio. Non stava ragionando.»

Sean mi appoggia una mano sulla guancia, fissandomi negli occhi. «Sei una brava persona.»

Io sorrido e appoggio la mano sopra la sua. «Anche tu.»

Lui guarda il telefono che ha in mano. «È arrivata l'auto.» Mi indica di precederlo e chiude a chiave.

Quando siamo sul sedile posteriore, intreccia le dita con le mie, dicendo a voce bassa: «Sono stato uno stronzo con te quando ci siamo conosciuti. Mi dispiace».

«Eri stressato. E non direi uno stronzo. Non sei stato cattivo o roba simile. Eri più che altro un gran brontolone. In un certo senso era carino, come un orso grizzly con gli aculei di un porcospino ficcati nel sedere.»

Sean si mette a ridere. «E io che pensavo che mi considerassi un protettore, forte e tosto, e invece mi vedevi come un orso brontolone.»

«I grizzly restano comunque una forza della natura da non sottovalutare, se gli dai fastidio. Io non ti ho mai infastidito, solo aiutato.»

«Hai *cercato* di aiutarmi» dice Sean con un sorriso.

«Stessa cosa.»

Lui fa cenno di no con la testa. «Non esattamente. Ora non sto dicendo che non fossi ben intenzionata, ma a volte creavi più lavoro per me perché non sapevi quello che stavi facendo.»

«Beh, nessuno ha mai detto che fossi un'esperta di ristrutturazioni.»

«Ora che vedo il progetto quasi alla fine, sono effettivamente contento che fossi lì. Sei stata la migliore distrazione possibile.»

«Wow, il mio grizzly è veramente un orsacchiotto. L'ho sempre saputo.»

«Ehi, basta con questa storia dell'orsacchiotto. Ho una reputazione da difendere, sai.»

Gli stringo la mano. «Non preoccuparti. Il tuo amore per le commedie romantiche resterà un segreto tra noi due.»

«Era uno scherzo!»

«Io osservavo te invece del film quella sera, quindi non tentare nemmeno. La tua faccia rivelava interesse e piacere.»

Un angolo della sua bocca si solleva. «Mi stavi guardando?»

«Sì.»

«Perché...?»

«Perché studio la gente per migliorare le mie capacità di attrice. Il linguaggio del corpo. Le espressioni, il tono della voce.»

Lui mi dà un colpetto con la spalla. «Puoi anche ammettere il vero motivo. Non devi far sembrare che fosse solo al servizio della tua arte.»

Gli sorrido. «E quale sarebbe il vero motivo?»

Lui mi sussurra all'orecchio, la sua voce è un rombo profondo. «Che eri cotta di me fin dall'inizio.»

«Sì, assolutamente! Ma poi mi sono detta che non era il caso, per via di Winnie e perché me ne stavo andando. Ma poi non sono partita ed è sembrato che cominciassi a piacerti.»

«Perché non te n'eri andata.» Mi bacia la tempia e mi sussurra all'orecchio: «Non volevo una botta e via. Non sono a quel punto della mia vita».

Sento un'esplosione di pura felicità che si irradia in tutto il mio corpo, rendendomi leggera, come se volassi. «È lo stesso per me.»

Sean si porta la mia mano alle labbra e la bacia, con gli occhi azzurri fissi nei miei. Il mio cuore accelera e tra di noi passa qualcosa di profondo. L'emozione mi stringe la gola, l'aria è elettrica tra di noi. Non riesco a resistere e premo le labbra sulle sue; gli infilo le dita tra i capelli morbidi sulla nuca.

Quando mi stacco, lui mi sorride con calore. Non ho mai provato niente di simile per un altro uomo ed è travolgente. «Sean» la mia voce si spezza.

Lui strofina la faccia contro il mio collo e sento la sua voce che mi romba nell'orecchio. «Ho dei programmi per te questa notte.»

Una parte di me vorrebbe solo incollarmi a lui. È pazzesco il desiderio di stare più vicina a lui che provo, continuamente. Ma stiamo andando al ristorante, quindi mi devo trattenere. «Non vedo l'ora.»

Non parliamo di niente di importante per il resto del viaggio, ma mi sento diversa. Avvolta in un bozzolo caldo d'amore con ogni sorriso che mi rivolge, il suo tono pieno di calore, la sua mano sulla mia.

Sean sorride e indica fuori dal finestrino. «Siamo arrivati.»

Guardo fuori. «È un albergo?»

«Sì. Il ristorante è all'ultimo piano, con vista sul panorama della città.»

«Wow» mormoro. «Sembra meraviglioso.»

Poco dopo, entro in un grande salone con una parete di profondi separé con i cuscini rossi e file di tavoli con le tovaglie bianche. È veramente elegante: luce bassa che viene da faretti incassati, pareti grigie con fotografie in bianco e nero incorniciate e un espositore trasparente di bottiglie di vino.

Sean va dalla hostess e dà il suo nome. Ci accompagnano immediatamente a un accogliente tavolo nell'angolo.

Una volta seduta, con il tovagliolo in grembo, mi chino in avanti e sussurro: «Questo posto è così bello!».

Lui sorride e io sento caldo dappertutto. «Volevo qualcosa di speciale prima che partissi.»

«Sarò di ritorno tra una settimana.»

«Lo so, ma è la prima volta che saremo separati da quando ti sei trasferita cinque settimane fa.»

«Tieni il conto delle settimane?»

«No, tengo il conto dell'avanzamento dei lavori e...» Soffia fuori il fiato. «Sì, già, tengo il conto.»

Cerco di non sorridere. «Sei segretamente un romantico, vero?»

Lui sbuffa. «Prima mi chiami orsacchiotto e adesso romantico. Possiamo per favore tornare a quando mi chiamavi "abilissimo lavoratore edile con un collo forte e muscoloso, spalle ampie e bicipiti sviluppati"?»

Questa volta non riesco a trattenere il sorriso. «Sei il pacchetto completo, fattene una ragione.»

La sua voce è burbera. «Josie.»

«Sì?» chiedo, continuando a sorridere.

«Lo sei anche tu.»

Mi si riempiono gli occhi di lacrime e ho la gola stretta. Territorio emotivo, ci stiamo entrando.

Sean allunga la mano attraverso il tavolo per prendere la mia e fisso il modo in cui la sua, grande, irruvidita dal lavoro avviluppa la mia in una presa salda. Credo di amare quest'uomo. Lo guardo negli occhi e di colpo ne sono sicura.

Deglutisco. È possibile avere una relazione con lui? Sarà il tipo di uomo che sostiene la mia carriera e accetterà le inevitabili separazioni? Me lo sto chiedendo perché domani parto per un'audizione importante per un film prodotto dal mio idolo, Claire Jordan. Claire mi ha detto che è meglio scegliere un partner che sostenga la mia carriera, che capisca la difficoltà di un mestiere che richiede molti viaggi e lunghe assenze. Suo marito viaggia con lei. Non riesco a immaginare che possa farlo Sean. Le sue radici sono qui. È co-proprietario dell'impresa di costruzioni della sua famiglia, che include anche lo sviluppo immobiliare. Non è il tipo di lavoro che si può fare da remoto. Devo chiedergli che cosa pensa di un futuro con me o rovinerei tutto? Forse si renderà conto che è troppo difficile stare con me e metterà fine a tutto. Sarebbe la cosa più pratica da fare e Sean è decisamente un tipo pratico.

Lui piega la testa di lato. «A che cosa stai pensando così intensamente?»

Arriva il cameriere, interrompendoci, per prendere il nostro ordine per le bevande e ci elenca i piatti del giorno.

Tolgo la mano da quella di Sean, scossa dalla direzione che hanno preso i miei pensieri. Non ho intenzione di spifferare tutte quelle cose profonde. È troppo presto e non voglio che scappi spaventato. Dev'essere il motivo per cui tanti attori si mettono insieme. Capiscono che cosa esige da loro la carriera. Ovviamente, quei legami non funzionano sempre, a causa di programmi che non coincidono e chissà per che cos'altro. È già abbastanza difficile restare insieme per persone che non restano separate così a lungo.

«Josie, dove sei andata?»

Torno al presente. «Scusami, la mia mente stava vagando.»

«Sei nervosa per il provino?»

Il provino ci sarà lunedì mattina e normalmente avrei passato l'intero fine settimana ripassando maniacalmente le battute, un grumo di nervi e ansia. Invece mi sto concentrando su Sean. Perfino la situazione di Winnie sta svanendo dalla mia mente. È brutto, vero? Sto già perdendo la concentrazione per un uomo. Un uomo meraviglioso, ma comunque...

«Dovrei ripassare la battute» dico. «Appena rientreremo.»

«Forse non proprio come prima cosa» mi dice con la voce bassa e sensuale. «Hai detto che hai una scarica extra di endorfine dopo essere stata con me. Può migliorare la tua prestazione. Ehi, forse dovrei venire con te e procurarti un orgasmo pre-provino.»

Mi scottano le guance e mi guardo intorno per vedere se qualcuno ha sentito. Non c'è nessuno accanto al nostro tavolo, quindi sembra che sia rimasto tra noi. «Lo faresti?»

Lui si appoggia allo schienale. «Stavo scherzando. Sai che devo lavorare. Ho ancora una settimana prima delle ispezioni e...»

«Stavo scherzando anch'io. Non posso esattamente dipendere da te per una scarica di endorfine prima di ogni audizione. Ah-ah. Che bel lavoro sarebbe. Perché non esiste? Supporto orgasmico pre-audizione. Alleggerirebbe veramente la tensione.»

«Va tutto bene?»

«Sì, certo. Tutto bene.»

Il cameriere ritorna e versa una piccola quantità di Merlot per farcelo assaggiare. Una volta versato il vino, Sean alza il bicchiere verso il mio. «A un provino fantastico. So che sarai meravigliosa.»

Faccio tintinnare il bicchiere contro il suo. «A un provino vittorioso.» Bevo immediatamente un sorso perché sono abbastanza superstiziosa da credere che sia necessario dopo aver espresso il mio desiderio.

Faccio un respiro profondo e dico di getto: «Sai che se il provino andasse benissimo significherebbe passare sei mesi a Vancouver?».

«Ci penseremo quando sarà il momento. Per ora godiamoci questo momento.»

Sembra così fiducioso e sicuro che mi rilasso. Ha detto che *noi* ci penseremo e significa che lavoreremo insieme per trovare una soluzione che vada bene per entrambi. Credo. Sono nuova in materia di relazioni. Non ho mai provato niente di simile prima, non sono mai stata veramente innamorata. Quello che avevo con il fidanzato che avevo al college non aveva un decimo dell'intensità del mio rapporto con Sean.

Lascio andare. Sono brava a vivere nel presente ed è esattamente ciò che farò. «Questo momento, seduta qui in un elegante ristorante con il mio sexy e favoloso...» Aspetto che finisca la frase. *Boyfriend, di' boyfriend.* È ufficialmente una relazione, giusto?

«Uomo. La parola è uomo. *Non* dire orsacchiotto.»

«Il mio sexy e favoloso *manfriend.*»

Si mette a ridere. «Stavi aspettando di sapere se potevi chiamarmi *boyfriend*? Vai pure. Io penso già a te come la mia *girlfriend.*»

Mi sento tutta calda. «A cena con il mio sexy, favoloso *boyfriend* è il momento che sto vivendo e non c'è niente di meglio.»

Lui si china in avanti e sussurra. «Eccetto quello che viene dopo.» Ammicca. «Tu.»

Mi chino anch'io in avanti. «Adesso mi farai pensare al sesso per tutta la durata della cena.»

«Bene,» dice sogghignando, «missione compiuta.»

La cena passa in un'atmosfera scintillante di cibo delizioso, vino e uomo sexy. Almeno dalla mia parte del tavolo. Sono rilassata e piena d'affetto per il mio uomo.

Lo abbraccio appena usciamo dal ristorante. Lui mi mette un braccio intorno alla vita. «Perché questo abbraccio?» chiede, con un accenno di sorpresa nella voce.

«Sono semplicemente felice» Lo stringo forte prima di staccarmi.

Sean mi prende la mano e cammina con me verso l'ascensore. Appena le porte si chiudono mi inchioda contro la parete e mi bacia fino a farmi restare senza fiato. Interrompe il bacio, con gli occhi che scintillano mentre mi tira contro di sé. «Ho preso una stanza.»

«Davvero?»

Mi appoggia la mano sulla guancia e le sue parole scorrono calde sopra il mio orecchio. «Volevo averti in un letto vero, non su un materasso gonfiabile.»

«Ma ho il volo domani mattina. Non...» Le parole smettono di uscire quando mi passa la mano lungo la spina dorsale, fermandosi sul sedere. Mi manca il fiato. «Non ho portato una borsa.»

Sean mi stringe. «Non dormiremo qui. La stanza serve solamente per la seduzione e la completa corruzione di Josie.»

È così romantico! Gli afferro la testa e la tirò verso di me per un bacio. «Sì! Grazie.»

Sorride. «Per un minuto ho temuto che non accettassi.»

«Accetto sempre la corruzione. Ma che cosa significa esattamente?»

«Significa che potrò prendermi tutto il tempo con te. Che potrò farti urlare il mio nome. Che ti farò dimenticare ogni altro uomo con cui sei stata.»

«Hai già completato l'ultima parte.»

Sean preme la fronte sulla mia. «Josie.» La sua voce è tenera e anche il suo bacio. Mi sto innamorando per la prima volta e non posso preoccuparmi per il futuro. Il presente è magnifico. È come una piccola palla di luce che si accende dentro di me. Magnifico.

La porta della stanza d'albergo si chiude alle mie spalle e vado a controllare il letto matrimoniale con una morbida trapunta bianca. Mi volto verso Sean. «Sembra com...» Smetto di parlare. C'è qualcosa di rapace nei suoi occhi mentre si slaccia la camicia, avvicinandosi lentamente al letto.

Mi viene la pelle d'oca. «Sean?»

«Togliti il vestito.»

Arrossisco al suo tono di comando, ma sono abbastanza a disagio da esitare. Lui si toglie la camicia, la getta su una sedia prima di avvicinarsi a me. Mi mette le braccia intorno, le dita che mi accarezzano la schiena fino a raggiungere la cerniera del vestito.

«Hai bisogno di aiuto?» chiede, parlandomi contro l'orecchio. Non aspetta la mia risposta, abbassa semplicemente la cerniera e mi toglie il vestito. Lo getta sulla sedia e mi tira contro di sé, le labbra contro le mie per un bacio famelico.

Sento le gambe molli e mi sciolgo contro di lui, infilando le mani sotto la sua maglietta. Accarezzando i muscoli caldi della sua schiena. Lui sgancia il reggiseno con le dita agili, gettandolo via prima di accarezzarmi il seno. Chiudo gli occhi. Mi fa sentire così bene, così rilassata e languida. Non so perché mi era sembrato rapace...

«Ah!» finisco sul letto e rimbalzo. Mi ha lanciata!

Monta sopra di me con un sorriso. «Non riuscivo ad aspettare.» Mi toglie le mutandine, poi mi solleva, togliendo la coperta finita sotto e riuscendo allo stesso tempo, non so come, a strusciare la guancia ruvida contro i miei capezzoli, che doverosamente si mettono sull'attenti.

«Come mai sono io l'unica nuda, qui?» chiedo, fingendo un broncio.

«Perché è la sera della seduzione e completa corruzione di Josie.»

Mi bacia, mordicchiandomi il labbro. Gli avvolgo le braccia intorno alla schiena, ma non riesco a tenerlo a lungo mentre mi bacia scendendo lentamente lungo il mio corpo, soffermandosi sul seno, che succhia e morde, facendomi trasalire mentre scende sempre più in basso. Sento i muscoli contrarsi nell'attesa.

Mi allarga le gambe con le mani grandi mentre si sposta, si sistema in mezzo e mi bacia dolcemente sul sesso. Sposta le mie gambe sulle sue spalle, aprendomi ancora di più. Ci guardiamo. I suoi occhi sono sia teneri sia possessivi e ogni parte di me si tende verso di lui. Voglio essere sua. Voglio il suo amore tenero. Non ho dubbi che è ciò che sta offrendomi.

«Sean» mormoro, con tutto l'affetto che mi scorre dentro in questo momento.

«Josie» risponde lui con lo stesso calore. «Guarda.» Abbassa la testa e mi lecca.

Mi ricade la testa sul cuscino e mi sfugge un suono che è per metà gemito e per metà sospiro. E poi i miei fianchi si alzano per l'intensa sensazione. La sua bocca è incredibile. Abile, potente. Potrei cantare le sue lodi dalla montagna più alta in un eterno tributo. E poi infila un dito e poi un altro. Afferro le lenzuola mentre il mio mondo comincia a roteare con la spirale di piacere che diventa sempre più stretta.

«Oh mio Dio» ansimo. «Non fermarti.»

Lui raddoppia l'intensità in risposta alle mie parole e mi lascia boccheggiante, incapace di parlare, con i fianchi che si muovono da soli mentre cavalco spudoratamente le sue dita e la sua bocca. La stanza si oscura, tutto si concentra su quel punto verso il quale mi sta spingendo senza sosta. Dio, sono così vicina.

E poi l'orgasmo mi colpisce come un fulmine, con il corpo che si arcua sopra il materasso mentre grido, esultante. Il piacere continua a ondate. Sean addolcisce il contatto, lasciando che esaurisca gli strascichi che sembrano non finire mai. Poi si stacca, lasciandomi molle e languida.

Gli prendo la testa tra le mani, passando le dita tra i suoi capelli morbidi. «Sean, uomo meraviglioso, scopami.»

Lui passa il naso all'interno della mia coscia prima di alzare la testa. «Ti voglio da star male.»

Alzo le braccia verso di lui e poi le lascio cadere, senza forze, quando lui scende dal letto e si spoglia in fretta. Aveva un preservativo in tasca e non perde tempo a infilarselo.

Poi è sopra di me e mi penetra lentamente, con il volto sopra il mio, gli occhi azzurri che bruciano con un'intensità che mi ruba il fiato. Sean si muove lentamente, deliberatamente, ogni spinta porta un'altra ondata di sensazioni. Passa la mano sotto il mio fianco, alzandomi per la prossima spinta profonda. Arcuo il collo all'intensa sensazione della penetrazione profonda.

«È così bello» dice con la voce roca, con la mano appoggiata alla mia guancia.

«Anche per me» rispondo, ansimando quando spinge di nuovo.

Ci fissiamo negli occhi, condividiamo un respiro, poi un altro; le sue spinte mi portano sempre più in alto. Il tempo si ferma e non c'è altro che questo: il nostro legame, la nostra passione, il nostro amore.

Io esplodo con un grido, l'orgasmo mi ha preso alla sprovvista e continua mentre Sean spinge e si ritrae forte e in fretta. Poi la sua testa si arcua all'indietro, il collo teso, e si lascia andare con un gemito gutturale, crollando sopra di me.

Il mio dolce Sean. Lo abbraccio e lui si strofina contro il mio collo, mormorando qualcosa che sembra un elogio.

Non riesco a capire le sue parole, ma non importa. In fondo lo so. Sono importante per lui come lui lo è per me. Lo amo e penso che mi ami anche lui. Finalmente mi sono innamorata e dell'uomo più meraviglioso al mondo. Non voglio che questa sensazione finisca.

Ma come farò a tenermelo stretto, visto che le nostre strade sono divergenti?

~

Sean

Chiudo gli occhi, euforico e rilassato. Sento un piagnucolio e alzo gli occhi vedendo Josie che si asciuga le lacrime. Mi appoggio a un gomito, allarmato. «Perché stai piangendo?»

«Sono solo felice.»

Aggrotto la fronte. Non piange mai dopo il sesso. «Che cosa sta succedendo? Winnie ti ha detto qualcosa di me?»

«Niente di brutto. Non preoccuparti. Mi sento solo così felice che ho finito per piangere di gioia.» Scende dal letto. «È stato meraviglioso. Torniamo a casa, però. Devo ripassare le battute.»

La guardo mentre si veste in fretta e ho ancora la sensazione che qualcosa non vada.

«Dai, sbrigati» dice, prendendomi la mano e tirando per farmi alzare.

L'aiuto dandomi una spinta e scendendo dal letto da solo. «Sei sicura che vada tutto bene?»

«Sì!»

Non sono convinto, ma lascio perdere. Ha parecchio in ballo e molto dipende dal risultato del provino. Per non parlare poi del fatto che Winnie ci è piombata addosso proprio prima che portassi fuori Josie per la cena e il sesso in una stanza d'albergo. È troppo per una sera.

Appena arriviamo in casa, Josie mi dice: «Grazie per la scarica di endorfine». Mi dà un bacio e corre nella sua stanza al quarto piano.

Mi siedo sul divano e l'aspetto. Abbiamo i giorni contati. Non voglio smettere di vivere con lei. Mi butterò. Non m'importa se è presto. Quando tornerà dal suo viaggio la porterò a vedere il mio nuovo appartamento e la inviterò a trasferirsi da me. Penso a ciò che le dirò. Voglio che sappia che abbiamo un vero futuro insieme. Andiamo così d'accordo e viviamo già insieme.

Mi passo una mano sulla faccia. Sto girando intorno alla verità. Il fatto è che mi sono innamorato di lei. Ho fatto tutto quello che potevo per resisterle, ma era un compito impossibile e, una volta che ho smesso di lottare contro la tentazione, è stato facile amarla. È meravigliosa. Una bella persona, dentro e fuori.

Sta diventando tardi e salgo per vedere se ha finito di ripassare. Si è addormentata sul pavimento, con le pagine della sceneggiatura sotto la guancia. La mia Josie, l'attrice con un talento super. Desidero che abbia la sua grande occasione e al contempo non voglio. Voglio che sia felice, qui, con me.

La prendo in braccio e la porto di sotto, nel mio letto, appoggiandola dolcemente sul materasso. Lei alza la testa, mormora: «Notte» e torna a dormire.

Mi sdraio dietro di lei, appoggiandomi alla sua schiena e le accarezzo i capelli. Di colpo non voglio che parta. È solo una settimana, ma sembra di più. E se non tornasse? E se approfittasse del divano di qualche amico e partecipasse a più audizioni là e non qui? Stringo il braccio intorno alla sua vita. Ora che finalmente l'ho lasciata avvicinare, ho dei problemi a lasciarla andare. Come se mi stesse lasciando per sempre. È solo un viaggio di lavoro. Tornerà.

Ci sono buone probabilità che torni.

12

Sean

Ce l'ho fatta. È sabato sera e ho finito i lavori un'ora fa. L'ispettore arriverà lunedì mattina. Sono esausto e non è nemmeno per il lavoro. È perché Josie non è ancora tornata e ho difficoltà a addormentarmi senza di lei. Ho persino provato ad abbracciare un cuscino, ma non serve. Non riesco a credere di essermi abituato tanto a lei da non riuscire a dormire se non c'è. Alla fine, quando mi addormento sono sempre già almeno le tre. L'insonnia fa schifo.

Almeno è per un buon motivo. Il provino di Josie è andato così bene che le hanno chiesto di restare ancora un po'. C'è un'altra audizione lunedì, ristretta a cinque candidate per il ruolo principale. Le probabilità non sono granché e mi sento in colpa perché spero che non ottenga la scrittura. So che è sbagliato. Se ami qualcuno dovresti lasciarlo libero quando ne ha bisogno. Solo che fa schifo. E se ottenesse la parte? Sarebbe lontana migliaia di chilometri, a Vancouver, per sei mesi. E non è nemmeno un volo breve. Dovremmo tagliare i ponti prima che parta. Sarebbe troppo doloroso lasciare che le cose si trascinino. Le relazioni a lunga distanza non funzionano mai. Lei incontrerà qualche idiota sexy sul set e dimenticherà completamente il costruttore che conosceva a Brooklyn.

Il mio telefono vibra e lo tolgo dalla tasca. È mio fratello Jack, il terzogenito. *Ehi, ho bisogno di una spalla stasera. Sam è troppo schiavo della figa per uscire.*

Sam, il miglior amico di Jack, si è fidanzato di recente e ha praticamente scaricato i suoi amici maschi a favore della sua fidanzata. Patetico.

Gli rispondo. *Certo. Dove?*

Tazi.

Ci sto. È un bar a Williamsburg, un quartiere alla moda, dove servono la birra in calici giganti.

Bene. Ci vediamo là.

Jack vive a Williamsburg, quindi sarà probabilmente già alla sua seconda birra prima che arrivi. Il viaggio in metropolitana dura circa mezz'ora.

Quando arrivo il posto è affollato. Il bar dà la sensazione di essere una bettola, ma in modo chic: mattoni a vista, soffitti di rame e un lungo bar tutt'intorno in mattoni pitturati di nero con sedili di vinile rosso. C'è un tavolo da biliardo nel retro dove spero di giocare. Il jukebox sta suonando *Judas Priest* e fuori, sul portico, c'è una folla rumorosa. Mando un messaggio a Jack per dirgli che sono arrivato, a cui mi risponde: *Sono al bar.*

Lo vedo in un angolo e mi fa segno di avvicinarmi. Sta flirtando con due graziose brune. Ah, diavolo. Era una trappola? Tipico di Jack. Avrebbe potuto dirmelo. Pensavo volesse solo una spalla mentre era a caccia.

I suoi capelli castano scuro sono nitidamente divisi da una riga di lato, un po' più lunghi in cima e con quell'aspetto disordinato che ha sicuramente richiesto un bel po' di gel, la barba è corta e curata. È vestito in modo casual con una t-shirt dal collo a V e jeans sbiaditi. Mi sorride quando arrivo e mi dà una pacca sulla schiena prima di rivolgersi alle due donne. «Questo è mio fratello, Sean. Sean, questa è Sherry e... Scusa, ho dimenticato il tuo nome.»

«Jane» risponde lei piccata e il piercing d'argento sulla lingua riflette la luce. Non mi piacciono i piercing. «Lo so, è un nome così difficile da ricordare.»

«Ti presento Jane» mi dice Jack, prima di voltarsi verso Sherry.

Jane sbuffa, Sherry ridacchia e io stringo i denti. Appoggio una mano sulla spalla di Jack e mi rivolgo a entrambe le donne. «Lieto di avervi conosciuto. Jack e io adesso andiamo a giocare al biliardo. Buona serata.»

Indico a Jack di seguirmi e mi avvio senza aspettarlo. Al tavolo da biliardo c'è una partita in corso, quindi mi appoggio alla parete a osservare. Jack appare al mio fianco qualche minuto dopo, con un calice di birra in ogni mano. Le donne sono già passate a flirtare con un'altra coppia di uomini un metro più in là. La caccia del sabato sera. Non mi manca.

Jack mi porge una birra. «Dimenticavo che risenti ancora della bruciatura di tu-sai-chi.» Beve un lungo sorso di birra. Ha già scordato qualunque cosa avesse in ballo con Sherry al bar. «Hai veramente bisogno di rimetterti in gioco.» Mi chiedo se sia il caso di dirgli che Josie e io siamo una coppia. Jack è famoso per i suoi scherzi, quindi sono molto cauto ed evito di fornirgli munizioni.

«Non mi piace quando cerchi di incastrarmi.»

Lui mi dà un'occhiata di sottecchi. «Lavori giorno e notte, niente donne per quasi un anno. Non mi stupisce che tu sia irritabile.»

«Non sono irritabile» sbotto.

«Giusto.»

«Sono irritato adesso perché hai cercato di incastrarmi.»

«Non è vero. Quelle ragazze hanno cominciato a parlare con me e io ti ho semplicemente incluso nella conversazione. Non ti avevo chiesto di venire qua per quello.» Beve un altro sorso di birra e si volta verso il bar. Sherry gli manda un bacio da sopra la spalla di un altro tizio. Lui le fa l'occhiolino e si volta verso di me. «Già dimenticate.»

Sbuffo. «Come vengono vanno.»

«Sempre.»

La partita finisce e sono sul punto di chiedere se posso unirmi a loro quando i tre tizi se ne vanno. Jack e io prendiamo le stecche dalla rastrelliera.

«Rendiamola interessante» dice Jack, prendendo una

moneta dalla tasca. «Ti darò questa antica moneta romana che vale cinquemila dollari se vinci. Se vinco io, me ne dai cinquecento in contanti. Che ne dici?»

«Sì, certo. La tua antica moneta romana spruzza acqua?»

«No.»

«Scossa elettrica? Perde inchiostro?»

Lui la fa scorrere tra le dita. «Ho mai cercato di imbrogliarti?»

«Pensi che sia un idiota?»

«Gesù, uno scherzo e tutti pensano che tu sia inaffidabile.»

«Più di uno. Scusami se il fatto che tu te ne vai in giro con una rara moneta romana da cinquemila dollari in tasca mi rende sospettoso.»

Lui la fa roteare in aria. «Peggio per te. Veniva dall'Italia nel deserto.»

Sistemo le palle e spacco. «Di che cosa stai parlando?»

«Il Bellagio, o era il Palazzo? Era un nome italiano.»

«Las Vegas?»

Lui si prepara per il tiro. «Dove sennò?»

Scuoto la testa, ridendo.

Si rialza. «Ehi, ho appena ricordato che hai una coinquilina donna. È lei il motivo per cui non ti piace più la scena dei bar?» Mi osserva per un momento. «Ancora piuttosto scontroso però. Scommetterei che non hai concluso.»

«Sono scontroso solo perché non dormo bene.»

«Perché ti giri e ti rigiri, desiderando di poter stare con lei? Te lo dico subito, mai mettersi con una coinquilina. Appena le cose finiscono, finisci in un inferno. Di colpo la trovi dappertutto, in cucina, in soggiorno. Brutta mossa. È successo a un mio amico.»

Scuoto la testa, bevo un sorso di birra e mi preparo per il nuovo tiro. «Comunque è una coinquilina temporanea.» *E vorrei che diventasse permanente.* Lo tengo per me perché mi sto rendendo conto che non sono sicuro di poter avere un futuro con Josie.

«Quindi ti sei messo con lei. Allora, perché sei così irritabile?»

È di nuovo il mio turno, quindi mi preparo per il tiro. «Parli troppo.»

«Mandale un messaggio e dille di venire qua. Voglio conoscerla.»

Sospiro. «È a Los Angeles. È stata chiamata per un secondo provino per un film importante.»

«Splendido!»

«Immagino di sì.»

«Immagini?»

Manco il tiro di un chilometro. «Se otterrà la parte, starà lontana per sei mesi.»

«E?»

Non mi prendo nemmeno la briga di rispondere, concentrandomi sulla mia birra. So che è sbagliato volere che resti, ma non riesco a farne a meno. Perché ho permesso che le cose diventassero serie? Sapevo che saremmo sempre arrivati a questo punto. Il mio posto è qui. Il suo è in tutto il mondo: Los Angeles, Vancouver, ovunque girino i film. Che diavolo ci faccio con una come lei? Sapevo che non era il caso, ma non sono riuscito a tirarmi indietro. Mi strofino le tempie, mi sta venendo il mal di testa.

Jack fa il suo prossimo tiro e si volta a guardarmi, con un'espressione che dice che ha capito tutto. «Ti sei innamorato di lei, giusto? Ti ammiro per essere risalito in sella. Certo, io non avrei puntato sulla cugina della mia ex barra coinquilina barra futura star del cinema. Ma non hai mai avuto molto buonsenso quando si tratta di donne.»

«E questo che cosa vorrebbe dire?» chiedo, sempre più irritato.

Lui china la testa di lato. «Significa che ti innamori in fretta e non sempre di qualcuno alla tua portata.»

«Stronzate.»

«Fratello, Winnie era una donna di classe, boriosa, ti chiamava gentiluomo, ti ha portato a rinnovare il guardaroba. Diavolo, ti ha fatto pensare di far parte di quel quartiere chic. Non è così. Va bene per chi ha i soldi. E lei ti ha lasciato per i soldi. Un'attrice sul punto di fare un film importante non è alla tua portata. Stai sempre cercando di puntare troppo in alto e in questo modo non sarai mai soddisfatto. Scusa se te lo dico.»

«Fanculo. Non mi sento limitato dalle mie condizioni.»

Jack scuote la testa. «Guardati attorno. È questo il tipo di posto cui apparteniamo. Non a un'elegante galleria d'arte o un quartiere di gente coi soldi, né per mescolarti con la gente di Hollywood.»

Fa il tiro seguente e manca. Provo un maligno senso di soddisfazione. Jack si sbaglia su qual è il nostro posto.

Vado dalla sua parte del tavolo e abbasso la voce. «Hai dimenticato che facciamo parte di una famiglia reale? Potremmo vivere in un regno, se volessimo.»

Lui esplode in una risata. «Sii serio, siamo i pezzenti della famiglia. Non mi interessa se papà è felice di visitare il suo regno adesso, come nonno onorario. Non è quello che siamo noi.»

Scelgo il prossimo tiro. «Io sono ambizioso e non ho intenzione di scusarmi per quello, ma questo non si riflette nelle mie relazioni. Non sono un arrampicatore sociale.»

Lui inarca le sopracciglia. «È una relazione, eh?»

Stringo i denti. «Sì.» Anche se in questo momento sto avendo seri dubbi. Sembrava non riuscissi a resisterle. Avevo tentato. Jack ha ragione sul fatto che non ragiono quando si tratta di donne? È per questo che non funziona mai?

Mi ficca un dito nel petto. «Tu sei quello che noi del mestiere chiamiamo un monogamo seriale.»

«E allora?»

Lui scuote la testa. «È una vita difficile. Ci caschi, ti schianti. Ci ricaschi, ti schianti di nuovo.»

Preparo il tiro successivo, deciso a vincere questa partita. Jack mi sta irritando a morte, più che altro perché sto cominciando a pensare che abbia ragione. Io continuo a cascarci e a schiantarmi.

Mi raddrizzo. «E tu che ne sai? Una notte e te ne vai, una notte e te ne vai.»

Lui beve un lungo sorso di birra. «Non ci casco. È puro divertimento tutte le volte.»

«Forse sei tu quello che ci perde» rispondo seccamente. «Guarda Dylan e Ariana. Lo hai mai visto così felice?»

Lui alza una mano. «Ehi, datti una calmata. Non sto cercando di farti incazzare.»

Faccio il tiro seguente. Almeno sto andando bene al biliardo. «Sono solo stanco. Tutto lavoro e niente divertimento questa settimana.»

«Ti lascerò vincere a biliardo.»

«Ah! Tu non mi lasci mai vincere. Sono solo più bravo di te.»

Lui ridacchia.

Vinco e Jack mi tira la sua moneta di Vegas. L'afferro e si piega. È fatta di gomma morbida.

Lui si mette a ridere. «Ehi, sei più forte di Superman. L'hai rotta. Meglio che non succeda.»

Poi mi rendo conto che è morbida perché in effetti è un preservativo in una confezione a forma di moneta. Gliela tiro in testa.

Lui continua a ridere. «Viene veramente da Vegas.»

Josie

Sono a Los Angeles da una settimana e mezza oramai ed è un bene e un male insieme. Bene perché la direttrice del cast mi ha chiesto di restare per un secondo provino, male perché Sean mi manca molto più di quanto dovrebbe. Siamo in contatto, con i messaggi e qualche breve telefonata dato che è così preso col lavoro. Fortunatamente ha finito in tempo la ristrutturazione e le ispezioni sono andate lisce. Ha intenzione di traslocare venerdì. Non so dove finirò io. Non voglio presumere che voglia che vada a vivere con lui nel suo nuovo appartamento. Winnie è ancora a casa del padre e della matrigna. Sembra che dovrò andare a far visita ai miei genitori prima di riorganizzarmi nuovamente, cercare un lavoro da cameriera e prepararmi per nuove audizioni.

Magari non finirà così. La mia agente dovrebbe chiamarmi

oggi per dirmi se mi hanno preso per il film. Mi è sembrato che il mio ultimo provino sia andato veramente bene. Ho incontrato il regista. Ho pianto a comando (due volte) e ho cambiato l'interpretazione della scena secondo le sue direttive. Siamo in cinque a competere per il ruolo. Non ho mai incontrato le altre, e, dato che sono delle sconosciute, non so nemmeno che tipo di concorrenza ho.

Ora sto andando all'aeroporto, in un'auto pagata dallo Studio in questo assolato mercoledì mattina, per tornare a casa. Buffo come consideri Brooklyn casa mia adesso. Forse è a Sean che penso come "casa". I miei genitori e io abbiamo sempre viaggiato moltissimo e non mi era mai sembrato di avere una casa prima d'ora. Sono solo le cinque del mattino. Troppo presto per avere notizie, ma controllo comunque il telefono. Niente. Voglio veramente, veramente questo ruolo. Sophie è tutto ciò che ho sempre voluto in un ruolo: una donna forte, competente, che ha la sua avventura salvando il mondo. È talmente raro trovare una sceneggiatura del genere e la complessità del suo personaggio sarebbe una vetrina ideale per mostrare l'estensione delle mie capacità recitative. È un trampolino per ottenere altre scritture. Sono sicura che il film sarà un successo commerciale. Ha già una vasta base di fan per via del libro. Uffa! È dura aspettare.

Guardo un film durante il volo verso casa e poi ascolto della musica. Ho spento il telefono per il volo e spero che, quando atterreremo e lo accenderò, ci sarà la notizia che muoio dalla voglia di ricevere.

Atterriamo e accendo il telefono con le dita che tremano, il cuore in gola.

Nessuna notizia.

Mi rammento che io avrò anche fretta di scoprirlo, ma che questo non significa che lo Studio abbia altrettanta fretta. Nessuna nuova buona nuova. Stanno ancora ponderando. Forse la decisione è veramente difficile tra me e una delle altre attrici e stanno ancora discutendo.

Nessuna notizia anche mentre prendo l'AirTrain e poi la metropolitana. Adesso sono le cinque del pomeriggio, ora di NY, quindi sono le due a Los Angeles. Mi dico che li sentirò prima che la giornata finisca a LA. A questo punto non sono più ansiosa. Posso restare in ansia solo fino a un certo punto. Sono impaziente di vedere la vecchia casa di arenaria di mia nonna ora che Sean ha finito la ristrutturazione. Abbiamo solo stasera per godercela nel suo stato ultimato prima di lasciarla domani.

Esco sul marciapiede in una calda giornata primaverile. Siamo a fine maggio, gli uccellini cantano, i narcisi sono in fiore e la gente che incontro per strada sembra un po' più allegra. Vibra il telefono e lo tolgo dalla tasca dei jeans. È la mia agente, Jade.

Sento una scarica di adrenalina. Premo il tasto di accettazione della chiamata con un dito che trema. «Ciao, Jade.» Rimango immobile sul marciapiede, aspettando di conoscere il mio fato.

«Josie, ci sei andata vicina, molto vicina. Sei veramente piaciuta, ma volevano qualcuno con un tocco più esotico per avere più appeal sul mercato internazionale.»

«Sono i capelli? Posso tingerli.»

«Hanno scelto un'attrice venezuelana. È piaciuta la sua cadenza quando parla inglese.»

«Io so imitare qualunque accento. Gliel'hai detto? Posso lavorare con un istruttore di dialetti.»

«Non questa volta. Tieni la testa alta. Ci sei vicina. E ricorda che anche se non hai avuto la parte, hai comunque fatto un passo avanti. Hai conosciuto e fatto un provino per la direttrice del casting di una società di produzione molto rispettata. Si ricorderà di te e forse ti raccomanderà per altri progetti più avanti.»

Sbatto le palpebre per non far scendere le lacrime. Ho la gola stretta. Lo so, ovviamente. Sono solo così stanca di andarci così vicino e non afferrare mai il premio.

«Ho la sensazione che non riuscirò mai a entrare.»

«Ci riuscirai. Continuerei a mandarti a fare audizioni se non credessi in te? Diavolo no! Ti lascerei cadere come una patata bollente. Io tengo solo i clienti che so che arriveranno in alto. È solo questione di trovare il progetto giusto al momento giusto. Hai quello che serve. Devi solo continuare a dare il massimo e lo farò anch'io e un giorno festeggeremo il tuo successo. Non dimenticare di ringraziarmi quando riceverai l'Oscar.»

Mi sfugge una lacrima. «Sì.»

«Mi terrò in contatto.»

«Grazie, Jade.»

«Ce la farai. Ci sentiremo presto.»

Chiude la chiamata e ho di colpo il desiderio violento di lanciare il mio telefono. Mi trattengo e continuo a camminare. Sean non sarà ancora a casa. Ha detto che sarebbe arrivato verso le sei. In effetti, preferisco così, almeno potrò fare un bel pianto in privato.

Cosa che faccio.

Poi mi rannicchio sul divano e guardo *Accadde una notte*. Sean me l'aveva regalato in modo che potessi avere il mio film preferito mentre ero in viaggio. Ne sono lieta. Questo film mi fa sempre sorridere.

Sean arriva a casa a metà del film e viene verso di me con un enorme sorriso sul volto. «Sei tornata!»

Metto in pausa il film e mi alzo. «Sono tornata.» Sono felice di vederlo, ma non riesco proprio a sorridere, visto il mio umore.

Lui mi attira a sé per un abbraccio e mi bacia la testa. «Mi sei mancata.»

Lo abbraccio anch'io e il groppo in gola raddoppia di dimensioni. «Mi sei mancato anche tu.»

Si stacca e mi prende in mano il volto. «Che c'è che non va?»

«Non ho avuto la parte.» Mi si riempiono gli occhi di lacrime, ho la gola stretta. «Il mio agente ha detto che volevano qualcuno più esotico. Hanno scelto un'attrice venezuelana perché apprezzavano la sua cadenza quando parlava in inglese.»

«Mi dispiace.» Mi accarezza i capelli. «So che volevi veramente quella parte.»

Mi tiro indietro, asciugando con la nocca una lacrima che mi è sfuggita. «Ho la sensazione che non succederà mai niente per me. Sto solo perdendo tempo? Continuo a fare corsi, audizioni, e tutto ciò che ho ottenuto è una pubblicità e una serie di video educativi che non interessano a nessuno.»

«È una carriera difficile.»

Comincio a camminare avanti e indietro. «Lo so. Lo sapevo fin dall'inizio, ma quante volte ci arriverò vicino per poi essere scartata? Mi piace ancora recitare, ma nessuno me lo fa fare.»

«Forse potresti creare un tuo progetto.»

Alzo le mani. «L'ho fatto. Ho anche recitato in un mucchio di film studenteschi. Non è la stessa cosa. Voglio che la gente mi veda veramente.»

Lui si siede sul divano. «Che cosa posso fare per te? È una situazione da gelato? Vuoi uscire a cena?»

Mi lascio cadere accanto a lui. «Sono troppo depressa per avere fame.»

Sean mi mette un braccio sulle spalle. «Forse potresti restare in zona, fare audizioni per qualcosa qui a New York. Ci sono tanti teatri e girano show per la TV.»

Sembra che l'alternativa gli piaccia e questo mi fa solo sentire peggio. Stringo forte i pugni. «Credo che tu non capisca quanto sia sconvolta in questo momento.»

«Lo capisco. Sto solo cercando di farti sentire meglio. Hai scelto una carriera difficile. Mi piacerebbe che ti appoggiassi a me e lasciassi che sia il tuo porto sicuro.» Mi prende il volto tra le mani, voltandomi verso di lui. «Trasferisciti con me nel nuovo appartamento. Mi prenderò cura di te e non dovrai preoccuparti di dove andare a dormire.»

Mi paralizzo. «Prenderti cura di me?»

«Sì. Io sarò quello che porta il pane in tavola, tu avrai una casa e potrai finalmente mettere radici. Hai sempre detto di non avere mai avuto una vera casa. Posso dartene una.»

Gli spingo via le mani e mi tiro indietro. «Sembra che tu pensi che io non possa mantenermi da sola.»

Lui apre la bocca e la richiude.

Parlo a denti stretti. «Che c'è?»

«Okay, ma fallo mentre stai con me, qui a Brooklyn.»

Respiro a fondo, lentamente. Ho una sensazione veramente brutta riguardo a cosa pensa Sean della mia carriera.

«Io continuerò a partecipare alle audizioni. La prossima potrebbe essere quella buona e potrei finire molto lontano, su un set. Lo accetteresti? Verresti con me o verresti a trovarmi spesso?»

«Io sono piuttosto radicato qui con il mio lavoro e il resto, ma sono sicuro che potrei infilarci una visita. Realisticamente però...»

«Realisticamente?» La mia voce esce sottile e acuta. Mi sforzo di assumere un tono normale. «Sto vivendo in un mondo di fantasia pensando di potercela fare come attrice?»

Lui alza una mano. «Tutto quello che sto dicendo e che non voglio che ti preoccupi. Io ho un buon lavoro, quindi lascia che mi prenda cura di te.»

Qualcosa nel suo tono mi irrita. Ciò che mi sta offrendo non è lusinghiero. È insultante. «Come vedi il nostro futuro?»

«Potrò essere il tuo porto sicuro, come ho detto. Continuerò a sviluppare la Rourke Management. Avremo un bel posto per vivere insieme in un bel quartiere. Magari potremo prendere un cane. Ti presenterò alla mia famiglia. Ci costruiremo una vita qui e non dovrai mai più preoccuparti di dove finirai a dormire, o se potrai permetterti il gelato o altro. Non dovrai preoccuparti di niente con me.»

Non posso evitare di notare che non ha parlato affatto della mia carriera. Presume che senza di lui la mia vita sarà sempre così: un'attrice in difficoltà, costretta a essere frugale e a dormire sui divani degli altri. Non crede in me. Sento una rabbia gelida. Il consiglio di Claire Jordan mi risuona nella mente: *assicurati di avere un partner che sostenga la tua carriera.*

Mi alzo in piedi. «Non voglio che ti prenda cura di me. In questo momento sono a terra e posso solo salire. E lo farò, con la mia grinta e perseveranza. Non perché dipenderò da un uomo che si prende cura di me.»

«Josie, non mi sto comportando da sessista. Ti amo.»

Spalanco gli occhi. È la prima volta che lo dice. Ma questo amore ha una condizione: che sia disposta a rinunciare al mio sogno e non posso accettarlo. «No.»

«No, non ti amo?»

Deglutisco prima di parlare. «Quando ami qualcuno, lo sostieni in ciò che ama più di tutto.»

«Io ti sostengo. È esattamente quello di cui sto parlando.»

Tento di spiegarglielo. «Il marito di Claire Jordan viaggiava con lei anche quando uscivano solo insieme e adesso lavora per lei. Non si sono mai separati per il suo lavoro, perché lui la sostiene completamente.»

Lui scuote la testa. «Non hai nemmeno un lavoro. Com'è possibile che sia la stessa cosa? Vuoi che viaggi con te per un lavoro che non esiste nemmeno. Dovrei lasciare il mio lavoro perché *potresti* ottenere qualcosa tra un anno? O cinque?»

Mi volto, ferita e arrabbiata in parti uguali. Comincio ad avere seri dubbi su Sean e non so se è per quello che ha detto oppure se sono solo gli strascichi del non essere stata accettata all'audizione. Sembra veramente che non creda in me, come se pensasse che girerò sempre a vuoto e dovesse salvarmi da me stessa. Mi piacerebbe saperlo. Ciò che so per certo è che in questo momento tutto mi sembra sbagliato.

«Devo fare un passo indietro.» Prendo il mio laptop e lo ficco in borsa. «Vado a casa di Winnie in città.» Vado alla porta, afferrando il trolley.

«Quando tornerai?»

«Non lo so.» La mia voce si spezza. «Ho bisogno di capire alcune cose.»

Esco e lui non mi segue. Non posso stare con qualcuno che non crede in me, quando ci sono già tante persone che mi dicono di no. Devo circondarmi di gente che mi sostiene, è l'unico modo per sopravvivere.

Mi incammino verso la metropolitana con la vista offuscata dalle lacrime.

13

———————

Josie

Quando arrivo all'appartamento di Winnie in città, ho gli occhi gonfi per aver pianto troppo. Poi ricordo che è ancora a casa di suo padre e mi sfugge una fila di imprecazioni. E adesso? Non voglio andare a casa di amici chiedendo un posto per dormire con gli occhi così rossi e gonfi. Sono sicura di sembrare un disastro, e chi vorrebbe vedersi arrivare alla porta qualcosa di simile?

Prendo il telefono e chiamo Winnie. «Ciao, sono io. Come stai?»

«Che cos'è successo? Mi sembri sconvolta.»

Sbatto rapidamente le palpebre, cercando di trattenere le lacrime. «Sono davanti al tuo appartamento in città e la mia vita fa schifo e volevo solo un posto dove stare. Sono una tale idiota. Avevo dimenticato che non c'eri.»

«Invece sono qui. Un minuto e sono giù.»

Quasi crollo per il sollievo. Ripongo il telefono ed entro nel foyer. Spero che il fatto che è a casa significhi che si sente meglio. Ha cose molto più gravi da affrontare rispetto a me. Io sto piangendo per essere stata rifiutata a un'audizione e per un *boyfriend* poco solidale e lei ha a che fare con una gravidanza e quello stronzo del suo ex.

Un paio di minuti dopo appare nel foyer, con gli occhi pieni di comprensione. «Vieni, possiamo sostenerci a vicenda in questo periodo così schifoso.»

«Mi dispiace darti fastidio. So che stai affrontando un problema piuttosto serio.»

«Parleremo di sopra.»

Annuisco e la seguo in ascensore. Una volta dentro l'appartamento, carino, con una sola camera e arredato quasi completamente in bianco con tocchi di vetro e cromo nei tavolini, versa a ciascuna delle due un bicchiere di vino bianco e si siede sul divano, indicandomi di sedermi accanto a lei. La musica classica suona piano in sottofondo. Winnie è così raffinata e sofisticata. Era una cosa cui aspirava e in cui ha avuto successo. Può anche essere un po' una sognatrice, ma vive la vita che aveva sempre desiderato, quindi probabilmente non è poi una cosa così brutta.

Mi siedo. Il divano è troppo duro per essere comodo. Probabilmente è stato Colin a scegliere tutto, secondo i suoi gusti. Ma chi approfitta dei divani altrui non può essere schizzinoso.

«Allora, che cosa fa schifo per te?» mi chiede.

«Prima tu. Sono sicura che il tuo schifo sia peggiore del mio.»

Sospira e il fiato esce tremante. «Okay. Beh, ho perso il bambino.»

«Oh, Winnie! Mi dispiace tanto!» Avrei dovuto notare che si era versata un bicchiere di vino, cosa che non avrebbe fatto se fosse stata ancora incinta.

Lei annuisce, restando in silenzio per un momento. «Grazie. Ho pianto tre giorni di fila e poi sembra che abbia finito le lacrime. Quindi eccomi qui.»

«Colin era al corrente della gravidanza?»

«No. L'avrei incontrato sabato scorso per dirglielo, ma ho abortito il giorno prima. Che tempismo, eh?»

«Mi dispiace tanto.» L'abbraccio stretta.

Lei si tira indietro e sospira. «Non era destino.»

Beve un lungo sorso di vino e io la imito. Sono sicura che

Colin non le permetterà di restare qui a lungo. Pagava lui l'affitto. «Stai cercando una nuova casa?»

«Mi trasferirò nella vecchia casa a Brooklyn finché sarà venduta. Poi userò i soldi per comprare un appartamento in un condominio in città. Voglio stare vicino al mio posto di lavoro. New York è il centro del mondo dell'arte. Almeno è quello che dice sempre il mio capo.» Sorride un po' mesta.

Le sorrido anch'io. «Mi sembra un buon piano.»

«Adesso tocca a te.»

«Non è niente.»

«Jo-Jo, ti conosco da tutta la vita. Non puoi venire qua con gli occhi gonfi e la faccia a chiazze e dirmi che non è niente.»

«Jo-Jo» ripeto piano. «Non lo sento da un po'.» La mia famiglia mi ha chiamato così finché sono stata un'adolescente e ho insistito che mi chiamassero Josie, che ritenevo più sofisticato. Buffo come lo considerassi sofisticato allora quando il mio nome vero, Josephine, lo è molto di più.

Sospiro e bevo un altro sorso di vino. Sento i suoi occhi su di me. So che non mi giudicherà, ma temo che se lo dirò a voce alta ricomincerò a piangere. Gli occhi mi fanno già troppo male per rimettermi a piangere.

Winnie mi dà una gomitata. «Se è necessario, resterò seduta qui, in silenzio, finché non sputerai il rospo e finché questa bottiglia di vino sarà vuota.»

Svuoto il bicchiere, sul punto di dirle che la mia carriera è finita nel cesso. Di nuovo. Ma quello che mi esce dalla bocca è: «Sean e io abbiamo litigato per una cosa veramente importante per me e che penso possa mettere fine alla relazione. Non lo so. Sono veramente confusa».

«Potresti essere un po' più specifica?»

Perché ho cominciato con quello? La mia triste storia era cominciata con il rifiuto. L'ennesimo "Ci era quasi, ma no grazie". Non abbastanza esotica! Che diavolo vogliono da me? Se avessi saputo che volevano un accento straniero lo avrei fatto. Posso riprodurre facilmente qualunque accento, grazie alla mia infanzia da nomade.

La metto al corrente. «Ero in lizza per il ruolo principale in quello che sarà sicuramente un film di successo e non ho avuto la parte perché non sono abbastanza esotica.»

Winnie mi dà una stretta al braccio. «Mi dispiace. Perché avete litigato tu e Sean? Non per causa mia, vero? Mi sta bene che voi due stiate insieme.»

«No, non è stato a causa tua. È stato perché non crede in me. C'è già abbastanza gente che non crede nelle mie capacità, grazie tante.» La mia voce si spezza, rovinando completamente il mio tentativo di sembrare indignata. «Detesto sentirmi così, come se non riuscissi a smettere di piangere.» Mi asciugo qualche altra lacrima con le nocche. «Non so se sono più arrabbiata per l'audizione o per Sean.»

Lei solleva la bottiglia e mi versa altro vino. «Mi dispiace che non abbia avuto la parte che volevi, ma di solito ti passa in fretta. Non ti ho mai visto crollare per un'audizione. Dimmi che cos'è successo con Sean.»

Bevo un lungo sorso di vino e mi appoggio allo schienale, guardando il soffitto e ordinando alle lacrime di smettere di scendere. «Questo divano è scomodo.»

«Lo so. Colin l'ha scelto per la sua linea. Aspetta.» Trasferisce il bicchiere di vino e la bottiglia sul tavolino di fianco al divano, spinge via quello davanti e si siede sul pavimento, sopra un tappeto a pelo alto con un disegno a ghirigori.

La imito, con il mio bicchiere di vino in mano e ci appoggiamo al divano. «Molto meglio.»

«Sean ha detto che non crede in te? Non mi sembra una cosa da lui. Non è mai deliberatamente crudele.»

La guardo per un momento. «Sei ancora innamorata di lui?»

Lei mi rivolge un sorriso mesto. «No. Credo stessi solamente ripensando a lui con nostalgia, disperata com'ero riguardo al futuro mio e del bambino. Sean sembrava una scelta sicura. È il fatto che è un protettore nato.»

Ripenso a come mi sono sentita al sicuro con lui fin dall'inizio, fingendo che fosse la mia guardia del colpo, addestrata a tenere lontana i pazzi. È qualcosa nella sua stazza, i muscoli, il suo atteggiamento sicuro. Sento gli occhi caldi e trangugio ancora un po' di vino.

Winnie mi passa la bottiglia e la svuoto nel mio bicchiere. «Oops, non intendevo prenderlo tutto io.» Faccio per versarne metà nel suo bicchiere, ma lei lo copre con la mano.

«Io sto bene così» dice ridendo. «Dimmi perché pensi che Sean non creda in te.»

Faccio un respiro profondo. «Okay, ero già sconvolta perché non avevo ottenuto la parte. Ci ero così vicina. Mi hanno fatto andare a LA e mi hanno chiesto di restare per un secondo provino, eravamo rimaste in lizza solo in cinque. Ero veramente in sintonia con il regista, la parte, tutto. Sembrava che dovesse essere finalmente la volta buona. Poi non ho ottenuto la parte. E, sì, avevo bisogno di piangerci sopra un po' e stavo avendo una piccola crisi esistenziale sul perché mi espongo a tutti questi rifiuti e incertezze e, semplicemente, alla *completa infelicità*.»

«Come fai di solito.»

«Lo so. È così quando manco la possibilità per un pelo, ma pensavo veramente che fosse la volta buona e mi ha colpito più duramente del solito.»

«E lui non ti ha incoraggiato?»

«Troppo! Ha detto: "Trasferisciti da me, lascia che mi prenda cura di te. Puoi continuare con la tua piccola non-carriera e potrai sempre contare su di me". Come se pensasse che non avrò mai una vera carriera. Come se avessi bisogno che un uomo si prenda cura di me! Sono sempre stata indipendente e me la sono sempre cavata da sola.»

«Oh, Josie.»

«Cosa?»

«A me non ha mai detto niente di simile.»

Alzo una mano. «Esattamente! Perché tu hai un ottimo lavoro alla galleria d'arte. Ha detto, e ripeto le sue esatte parole: "Dovrei lasciare il mio lavoro e viaggiare con te perché *potresti* ottenere qualcosa tra un anno? O cinque?". O qualcosa del genere. Sto parafrasando. Il punto è...» punto un dito in aria, «che ovviamente lui non crede in me. Sono una dolce cosina che vuole tenere al sicuro nel taschino.» E mi vedrà sempre come un'incapace, perfino un'inferiore. Semplicemente non posso accettarlo.

Winnie arriccia il naso. «Perché dovrebbe lasciare il suo lavoro e viaggiare con te? Vuoi dire per le audizioni a Los Angeles?»

«No, per il mio futuro lavoro sul set di un film.»

Winnie mi fissa.

«Che c'è?»

«Mi stai dicendo che voi due potreste lasciarvi per un ipotetico scenario futuro?»

Aggrotto la fronte, con le lacrime che tornano prepotenti. «Quindi non credi in me nemmeno tu.»

Mi stringe una mano. «Okay, sei ancora sconvolta per aver perso la parte, lo capisco. Ma il fatto che tu affermi che non credo in te mi dice che non stai pensando chiaramente. Ho partecipato a ognuna delle tue recite alle superiori e al college. Ho salvato la tua pubblicità e la tua serie di video sul computer per guardarli e riguardarli. Crederò *sempre* in te e lo sai.»

Quasi mi soffoco con un singhiozzo. Lei mi prende il bicchiere, lo appoggia e poi mi abbraccia, accarezzandomi i capelli come la sorella maggiore che è sempre stata per me.

Piango per un po' e poi mi raddrizzo, asciugandomi gli occhi. «Mi fanno male gli occhi.»

«Ti prendo un panno bagnato.»

Torna un minuto dopo e metto il panno sugli occhi, appoggiando indietro la testa.

«È una battuta d'arresto» dice in tono fermo. «Sei resistente. Datti il tempo di piangere per la perdita del lavoro dei tuoi sogni.»

«Lo farò.»

«Puoi restare con me a Brooklyn finché avrò venduto la casa. La farò allestire con dei mobili, quindi sarà meglio se sembrerà che ci viva qualcuno.»

«Grazie, Win. Lo apprezzo. Non volevo veramente andare dai miei genitori e dover spiegare quanto fa schifo la mia carriera. Voglio che pensino che sono sempre presissima con le audizioni e i corsi. Li sto imbrogliando. Ma non voglio che pensino che le rette del college sono state sprecate per una fallita in partenza.»

«Tesoro, sono così fieri di te. Non credo che debba temere che restino mai delusi. A volte sei troppo dura con te stessa. So che hai degli standard e delle aspettative molto alti e immagino che sia una buona cosa. Ti rendono ambiziosa e ti danno la spinta per continuare. Devi solo lavorare un po' di più sulla fiducia in te stessa.»

Mi tolgo il panno dagli occhi. «Io credo in me stessa. Perché credi che continui a insistere?»

«Ti sei arrabbiata con me e Sean perché pensavi che non credessimo in te, quando sai benissimo che io ci credo e probabilmente anche lui. Non posso fare a meno di pensare che ciò che vedi negli altri, in fondo in fondo, sia ciò che vedi in te stessa. Dubiti di Sean perché dubiti di te stessa.»

La guardo a bocca aperta.

Lei me la chiude spingendomi in alto il mento con un dito. «Lascia che le mie parole ti entrino in testa. Nel frattempo, vuoi guardare *Vacanze romane*? Audrey Hepburn, Gregory Peck, Italia.»

«E devi chiederlo? Certo che voglio. Grazie.» Winnie mi capisce veramente. Aspettate, significa che ha ragione? Che non credo in me stessa? Non so se accettarlo. Ho passato anni ad andare ostinatamente avanti.

«Preparo dei popcorn. Vuoi passare qui la notte? Sarà come ai vecchi tempi, quando dormivamo insieme. Puoi dormire nel letto con me. È abbastanza grande. Non ti obbligherò a dormire su questo orribile divano.» Si alza e mi offre la mano.

«Sì, grazie.» Le prendo la mano e lei mi tira su. «Oh, Win. Ti ho sempre ammirato. Sei sempre stata troppo buona per quella fessacchiotta di tua cugina.»

Lei sorride, con gli occhi che si riempiono di lacrime. «Sei sempre stata la sorellina che desideravo.» Siamo entrambi figlie uniche.

Anche i miei occhi si riempiono di lacrime e non riesco a dire niente con il groppo che ho in gola che non se ne vuole andare. Lei mi abbraccia prima di andare in cucina.

· · ·

Molto più tardi, dopo il film e una serata tranquilla senza drammi, mi addormento appena appoggio la testa sul cuscino.

Mi sveglio con il profumo del caffè che si diffonde nella stanza e lo seguo fino in cucina.

Winnie mi sorride. «Buongiorno.»

«Buongiorno.» Ho la testa confusa. Bevo un grosso bicchiere d'acqua e mi siedo al piccolo tavolo della cucina, una cosa lucida bianca. Colin decisamente aveva un debole per i mobili bianchi.

Winnie mi porge una tazza di caffè, nero come piace a me e poi mette una scatola di ciambelle sul tavolo. Alzo il coperchio e il profumo di ciambelle fresche mi fa venire l'acquolina in bocca.

«Oh mio Dio, ti adoro» dico, prendendone una glassata.

Lei si mette a ridere. «Conosco bene la mia ragazza.»

Mangiamo in amichevole silenzio per qualche minuto prima che dica: «Devo andare al lavoro tra poco. Sei libera di restare. Sean dice che potremo trasferirci sabato».

Mastico e ingoio la ciambella. «Hai parlato con lui?» *Ha chiesto di me?* Mi chiedo se l'abbia chiamato lei o se abbia chiamato lui per sapere di me. Non glielo posso chiedere. Non mi ha né chiamato né mandato un messaggio.

«Sì.»

Mi concentro sul caffè.

Lei continua. «Gli ho detto che eri sconvolta per l'audizione e non dovrebbe prendere sul personale qualunque cosa abbia detto. Che è la caratteristica di vivere con un attore.»

«Winnie!» Faccio una smorfia e abbasso la voce. «Non era solo scena. Vuole prendersi cura di me come fossi una donnicciola che non ce la fa da sola.»

«Sei importante per lui. E, per lui, questo significa prendersi cura di te. Non credo che c'entrino le tue prospettive di carriera.»

«Beh, non ha mai detto che voleva prendersi cura di te.»

«No, ma la mia relazione con lui era diversa. In un certo senso, ero io a prendermi cura di lui. Io sono così.» Mi sorride. «Come hai sempre detto, io sono una dea del focolare. Ed è perché mi piace assicurarmi che la gente cui voglio bene sia nutrita e a suo agio. Magari voleva passare a te quel tipo di cura.»

Scuoto la testa e lo rimpiango immediatamente. Sorseggio il caffè e mi faccio un discorsetto sul bere troppo vino. Il viaggio mi aveva probabilmente già disidratato, peggiorando le cose. Mi alzo e bevo un altro bicchiere d'acqua, direttamente sopra il lavandino, prima di riempire nuovamente il bicchiere.

Winnie appoggia la sua tazza nel lavandino e si volta a guardarmi. «So che stamattina ti senti da schifo, ma quando starai meglio, e sarà così, per favore, parla con lui. Non fare lo stesso errore che ho fatto io andandomene. Sean si merita di meglio.»

«Tu lo ami ancora.» Le parole sono amare nella mia bocca.

Lei sospira. «Ricorda che ciò che sospetti negli altri è spesso ciò con cui stai lottando tu, nel profondo del tuo cuore.»

La fisso, irritata e sorpresa insieme. È quello che faccio? Sono innamorata di lui nonostante i suoi modi sessisti e increduli? Sono veramente io quella che ha dei dubbi? Ma no, lui ha comunque detto che vuole prendersi cura di me. La sua visione del nostro futuro insieme è noi due che viviamo nel suo mondo, come se la mia carriera non esistesse. E so che adesso non esiste, ma credo che ci sarà, un giorno. Presto, spero. Vedete, credo in me stessa.

Winnie mi dà un bacio sulla guancia, prende la borsa e va al lavoro.

~

Sean

La prima settimana, dopo la decisione di Josie di fare un passo indietro, ho mantenuto la calma. Immaginavo che avrebbe ragionato e sarebbe tornata da me. Winnie aveva spiegato che era solo la conseguenza di non aver avuto la parte. Pensavo che alla fine Josie mi avrebbe ringraziato per la mia generosa offerta di fornirle una solida base d'appoggio e avrebbe accettato.

La seconda settimana è stata più dura. Mi mancava troppo. Non riuscivo a dormire e lei non si era ancora messa in contatto. Avevo anche controllato con Winnie per assicurarmi che Josie fosse ancora lì e non fosse andata dai suoi genitori. C'era.

E ora sono passate due settimane e mezza da quando Josie se n'è andata. Sì, tengo il conto. Sapete, esattamente come sua cugina, lei se ne va appena si presenta qualcosa di meglio. Solo che è ancora peggio perché Josie non mi ha lasciato per un motivo vero e proprio. Se n'è andata perché immaginava che non sostenessi la sua carriera.

Mi manca tanto da star male. Penso che sia una grande attrice, anche se è una carriera completamente instabile. È così brutto che non voglia che passi il resto della sua vita a dormire sui divani degli altri?

Poi di colpo capisco. È vero che la vedo passare il resto della sua vita a rincorrere un sogno. A rincorrerlo, non a viverlo. Prendo il telefono e clicco sul suo sito web, riguardando il suo video. Ha talento e non c'è dubbio che illumini lo schermo. Sono sicuramente di parte perché sono innamorato di lei, ma è comunque vero.

Come faccio a dimostrarle che sarò al suo fianco, qualunque cosa succeda? Torno con la mente alla nostra ultima conversazione, rivivendola. Voleva sapere se le sarei stato vicino, anche se avesse viaggiato per lavoro. Mi aveva detto che da bambina aveva viaggiato con la madre, cantante d'opera. E suo padre viaggiava con loro. È così che appare l'amore a Josie. Tutti che restiamo insieme, ciascuno seguendo il suo sogno. Ma che cosa faceva suo padre?

Cerco sua madre online e trovo in fretta la risposta. Il padre di Josie era il manager si sua madre. Non vedo come la cosa possa funzionare per me. Non so niente del mondo dell'intrattenimento e sarei inutile come manager.

Non ho ancora trovato una risposta quando vado al lavoro. È venerdì e sono deciso a trovare un modo per far tornare Josie da me, stasera stessa. Non voglio passare un altro fine settimana senza di lei, neppure un altro giorno.

All'ora di pranzo, non ho ancora trovato una buona idea per far parte della versione della vita di Josie in cui lei ce l'ha fatta. È quello che vuole da me. Sapere che credo che quella versione esista e che io voglia farne parte. I miei fratelli e io stiamo facendo un pranzo di lavoro in pizzeria. Dylan sta parlando di alcune cose e riesco a malapena a seguirlo.

E poi sento "donazioni dalla gente ricca del posto" e sono di colpo all'erta.

«Aspetta, torna indietro, ripetilo.»

Dylan ripete pazientemente. «Stavo dicendo che voglio ottenere donazioni dalla gente ricca del posto per i campi gioco e i giardini.»

«Ci sono un sacco di attori ricchi che abitano a Brooklyn» dico, con un'idea che si sta formando nella mia mente. «Sarebbero interessati a rivitalizzare i quartieri.»

Potrebbe essere il mio ruolo dell'impresa di famiglia e con Josie. Dylan ci aveva detto che ciascuno di noi doveva trovare una sua nicchia nella nuova società di sviluppo immobiliare. Dylan è l'amministratore; Brendan scova nuovi progetti. Questo potrebbe essere il mio compito. Ho già organizzato delle raccolte fondi per Habitat for Humanity. Parecchie, a dire il vero, e avevano avuto successo. Sento l'energia che scorre dentro di me. Può funzionare. Finalmente riesco a vedere come Josie e io potremmo restare uniti a lungo termine.

«Voglio che questa sia la mia nicchia» dico.

Dylan mi guarda senza capire. «Di che cosa stai parlando?»

Tutti i miei fratelli hanno gli occhi puntati su di me.

«Avevi detto che tutti noi potevamo cercare una nicchia da sviluppare in questa società. Questa è la mia. Sovraintenderò il ramo filantropico, coinvolgendo specialmente la gente del mondo dello spettacolo. Ho un aggancio, più di uno in effetti. Silvia conosce Claire Jordan. È un lavoro che potrei fare da remoto se necessario.»

Lui mi fissa. «Perché dovresti farlo da remoto, quando sei proprio qui?»

«Perché la mia ragazza è un'attrice di talento e avrà un enorme successo.»

I miei fratelli si scambiano un'occhiata perplessa, eccetto Jack perché sa già di Josie.

«Ci sei cascato come una pera cotta, eh?» dice Jack.

«Chi è?» mi chiede Dylan.

«Josie Abbott.»

«Mai sentita nominare.»

«Non è ancora famosa.»

Dylan mi fissa per un lungo momento. «Sei il mio braccio destro. Avevi detto che ci saresti stato per me quando arriverà il bambino.»

«O forse potresti avere più di un braccio destro. Io potrei sostituirti, se sono in zona, oppure uno di questi.» Indico i possibili candidati: Jack, Connor e Garrett. Brendan ha già la sua nicchia.

Dylan soffia fuori il fiato. So che cosa sta pensando. Garrett non ha abbastanza esperienza. Jack ama troppo divertirsi. Dev'essere Connor. È intelligente e riservato e riflette sempre. In effetti, più ci penso, più capisco che sarebbe il candidato giusto.

Jack rende più facile la decisione, alzando le mani. «Non guardate me. Non voglio che Dylan mi soffi sul collo per tutto quello che va storto mentre sono al comando.»

Incrocio lo sguardo di Connor, comunicando in silenzio con lui. *Tu, amico. Devi essere tu.* Ha ventisette anni, non è che manchi di esperienza. Ha già nove anni di lavoro alle spalle.

«Sarò io il tuo braccio destro, Dylan» dice Connor, senza problemi. «Mi dovrai solo tenere aggiornato.»

Trattengo il fiato perché Dylan non risponde immediatamente. Si è sempre appoggiato a me perché, dopo di lui, sono quello con più esperienza.

Dylan guarda entrambi e poi finalmente dice: «Okay, il lavoro è tuo, Connor. Grazie. Sean, non so che diavolo stai facendo. Pensi di riuscire a trasformare un contatto con due attori in una base filantropica?».

Mi sento più leggero. «È un inizio. Posso socializzare, un contatto dopo l'altro. L'ho già fatto, trovando gente che partecipasse alle raccolte fondi nei ristoranti per Habitat for Humanity.»

«E il lavoro manuale?» mi chiede.

«Finché sarò in zona, lavorerò come sempre e ti avviserò in anticipo se avrò bisogno di assentarmi. È solo che... Josie arriverà lontano e io voglio stare con lei.»

«È innnaaaamorato» canta Jack in falsetto, poi torna alla sua voce normale. «Che Dio ci aiuti tutti.»

Dylan gli dà una botta in testa. «Un giorno, amico, capiterà anche a te. Continua a sognare.»

Ridono tutti, perfino Jack.

Jack scuote la testa, continuando a sorridere. «Niente da fare. Parto stasera per Las Vegas con i ragazzi, per l'addio al celibato di Sam. L'ho organizzato io, quindi sapete che sarà una cosa folle.»

Dylan torna serio. Jack pensa di saperla più lunga di Dylan e di me. Sappiamo entrambi che cosa si sta perdendo. Qualcosa di estremamente soddisfacente.

«Dylan?» insisto. Ho bisogno di sapere se è d'accordo con il mio piano.

Dylan si volta a guardarmi, con un'espressione meno dura. «Okay per la tua nicchia. Voglio conoscere Josie.»

Mi alzo in fretta dal tavolo. «La conoscerai. Grazie! Sarà perfetto!»

«Dove stai andando?» mi chiede Dylan. «È ora di pranzo. Non te ne puoi andare.»

«Devo andare a riprendere la mia donna.»

Lui sbuffa, brontolando. «Tutta questa scena e non è nemmeno sicuro che lei ci stia?» Alza la voce sopra il brusio e le risate dei miei fratelli. «Te lo scalo dallo stipendio se fai tardi.»

«Grazie, capo!»

Sorrido tra me e me. Adesso ho un modo per essere anch'io un capo. Penso che Direttore della Fondazione Rourke suoni bene.

14

Josie

Mi trascino a casa. Vivere con Winnie in una casa arredata per essere messa in vendita non è la stessa cosa di vivere nella stessa casa con Sean. So che è folle, ma mi manca il materasso gonfiabile, il take-out che ci dividevano... Oh, diavolo, mi manca Sean. Ha un effetto avverso su tutto quello che faccio. Ho appena fatto il peggior provino della mia vita, perché non sono riuscita ad apparire spumeggiante e felice per la stupida pubblicità di uno yogurt. Perché sono andata fuori di testa pensando che non avrebbe sostenuto la mia carriera? Io non ho una carriera.

Eppure, pur abbattuta come mi sento adesso, non riesco ad accettare la sua offerta di trasferirmi da lui e lasciare che si prenda cura di me. Semplicemente non sono fatta così.

Winnie sta insistendo che parli con lui per cercare di fare pace. Ma in effetti, che cos'è cambiato? Lui continua a essere radicato qui. Io ho ancora intenzione di andare dovunque posso trovare lavoro. Probabilmente dovrei tornare a LA. Ci sono molte più possibilità di fare audizioni là. Solo che una parte di me non vuole lasciar perdere Sean.

Sapete una cosa? Se ho intenzione di restare qui a Brooklyn solo perché non posso lasciarlo andare, allora dovrei parlargli. Gli chiederò di incontrarci in un posto pubblico. Magari al parco. Se lo vedrò e il mio istinto mi dirà di stare con lui, gli dirò che dobbiamo trovare un modo per essere sullo stesso piano. E se lui se ne andrà, beh, non sarà comunque peggiore delle ultime due settimane.

Mi fermo sul marciapiede e gli mando un messaggio. *Potremmo vederci al Prospect Park un giorno di questi per parlare?*

Che ne dici di adesso?

Sorrido, sorpresa per la sua risposta così rapida. Forse è in pausa pranzo. *Certo, quanto ci metterai ad arrivare?*

Alza gli occhi.

Guardo la casa dove vivo con Winnie, ma non lo vedo alla finestra. Sposto lo sguardo, guardando lungo l'isolato ed eccolo, a una certa distanza, che mi sta fissando.

Alza la mano, è solido e forte nella sua maglietta azzurra della Byrne Construction, i jeans e gli stivali da lavoro. Dentro di me tutto si protende verso di lui.

Lancio un grido e gli corro incontro, gettandomi tra le sue braccia. Lui mi tiene stretta.

Ho le lacrime agli occhi. Non mi ero resa conto di quando mi mancasse finché non l'ho rivisto. Ero così impantanata e adesso mi sento leggera, come se tutti i miei fardelli fossero spariti di colpo.

La sua voce mi romba nell'orecchio. «Che bella accoglienza.»

Mi asciugo gli occhi e alzo la testa. «Mi sei mancato tanto.»

Lui mi liscia i capelli e mi mette la mano sulla guancia. «Mi sei mancata anche tu.»

«Non voglio vivere lontana da te.»

«Nemmeno io.»

Gli sorrido tra le lacrime. «Però dobbiamo parlare.»

«Giusto. Va bene se entriamo in casa? È un posto più privato del parco ed è proprio qui.»

«Certo.»

Mi prende per mano e cammina con me verso la casa di arenaria dove ci siamo incontrati la prima volta. «Come sei stata?»

«In modo orribile» ammetto.

Sean mi stringe la mano. «Anch'io.»

«Mi sento una tale idiota. Winnie continuava a dirmi di parlare con te. Giurava che non eri sessista.»

«Bello sapere che Winnie ci ha messo una buona parola, ma sei tu che mi preoccupi.»

«Quell'audizione fallita mi ha gettato nel panico e da allora ha fatto tutto schifo. Ho addirittura stretto i denti durante una pubblicità per uno yogurt. Probabilmente si staranno chiedendo perché mi avevano convocato.»

«Lo yogurt è disgustoso. Non mi meraviglia che abbia stretto i denti.»

Mi metto a ridere. «Lo yogurt non è disgustoso.»

Lui sorride. «È disgustoso. È per quello che cercano di venderlo con tutte quelle bellissime persone sane nelle pubblicità. Mangia una cosa disgustosa e anche tu puoi diventare bella, luminosa e sana. Io dico che la risposta è la pizza.»

«E il cibo di asporto.»

«E tanta acqua per bilanciare il tutto.»

Gli sorrido. «Di certo non ha fatto male a te.»

Lui si indica il collo. «Questo collo forte e muscoloso è merito della pizza.»

Io rido. «Sai che cosa penso del tuo collo muscoloso.»

Arriviamo in casa e uso la mia chiave. Sean cammina dietro di me e gli indico di andare a sedersi sul divano. Non è il suo; ha portato via la sua roba. Questo è un divano in un colore beige neutro, fornito dalla ditta che allestisce gli appartamenti per la vendita. Tutti i mobili sono a noleggio, eccetto quelli della camera di Winnie.

Sean si guarda attorno. «Questo posto è venuto bene. Sono sicuro che lo venderà presto.»

«Sono già venute un mucchio di persone a vederlo. Il tizio dell'agenzia immobiliare dice che Winnie dovrebbe ricevere parecchie offerte entro la fine del mese.»

«Bene»

«Sean» dico, nello stesso momento in cui lui dice: «Josie».

«Sono innamorata di te» dico, superando il groppo che ho

in gola, con gli occhi che scottano per le lacrime. «È stato veramente difficile non essere con te.»

Lui mi prende il volto tra le mani e mi bacia. «Conosco la sensazione. Ti amo anch'io.»

Mi tiro indietro e mi asciugo gli occhi. «Okay» dico con la voce tremante. «Ci serve un piano, okay? Io ho bisogno di sapere che siamo sullo stesso piano. Non voglio che tu pensi di doverti prendere cura di me. Non voglio che mi veda come qualcuno che non può affrontare la vita da sola. Ce l'ho fatta fin qui e sono decisa ad andare avanti, per difficile che sia.»

Sean mi fissa con i suoi penetranti occhi azzurri. «Ricordi che Winnie ti aveva detto che sono un tipo protettivo e quell'aspetto di me ti piaceva? Ti facevo sentire al sicuro.»

«Sì.»

«Era tutto ciò che avevo voluto dire. Voglio proteggerti dalla durezza di... beh... tutto. Voglio tenerti vicino e tenerti al sicuro con me. Ma mi rendo conto che non è il modo in cui tu vuoi sentirti sicura. Josie, ho continuato a rivedere il tuo video. Un mucchio di volte.» Fa una pausa quando rido. «E credo sinceramente che tu abbia ciò che ci vuole. Hai talento, la macchina da presa ti adora. Io credo in te.»

Mi trema il mento. «Anche se continuano a rifiutarmi?»

«Fanculo a loro se l'industria non riesce a vedere quello che vedo io. Ma penso che lo vedranno. Riceverai presto il tuo sì. Comincerai il tuo cammino e io sarò al tuo fianco.»

«Mi piace ciò che dici, ma come? Non posso chiederti di abbandonare l'impresa di famiglia.»

Si alza un angolo della sua bocca. «Ho trovato il modo per stare insieme a lungo termine.»

Mi mordo il labbro, trattenendo il fiato con la speranza che mi fa sentire le farfalle nel mio stomaco.

Mi mette una ciocca di capelli dietro l'orecchio. «Ho trovato la mia nicchia, che potrebbe includere te e il tuo mondo. Sarò a capo del ramo filantropico della Rourke Management. Il nostro scopo è raccogliere fondi per costruire parchi e campi gioco all'interno di ogni progetto di sviluppo immobiliare. Ci sono un mucchio di attori a Brooklyn che probabilmente vorrebbero vedere rivitalizzato il loro quartiere. E se viaggeremo per il tuo lavoro, potrò incontrare altri attori che potrebbero essere interessati a fare una donazione per la causa.»

Il mio cuore batte più forte. «Ma per quanto riguarda le costruzioni? I tuoi fratelli dipendono da te.»

«Ci sarò anche per loro, ma avevo sempre avuto in programma di dedicarmi più alla parte commerciale. Ti ho già detto che sono ambizioso. In questo modo ho la possibilità di allargarmi e al contempo stare con te.»

Quasi non riesco a crederci. Non mi era mai passato per la testa che la strada scelta da Sean potesse intrecciarsi così bene con la mia. Ha fatto in modo che succedesse perché vede un futuro per noi. E io lo voglio più di qualunque cosa al mondo. Lo guardo, la sua sincerità e, sì, l'amore che brillano nei suoi occhi azzurri. Non potrei volere un partner più solidale. Crede veramente in me.

«E se io non dovessi viaggiare, se, ad esempio, trovassi lavoro qui, potresti sempre lavorare con la gente del posto con un mucchio di soldi.»

«Esattamente.»

Finalmente rido. L'euforia mi invade, facendomi venir voglia di ballare e cantare. È tutto ciò che speravo! Ma poi una vocina nella testa mi dice di pensare a lui. Che cos'è meglio per Sean e la sua carriera?

«Che c'è? Sembrava che stessi per buttarti tra le mie braccia e poi sei tornata seria di colpo.»

Apro la bocca, sorpresa, quando mi rendo conto che riesce a leggere la mia espressione proprio come io riesco a leggere la sua. E mi rende così felice sapere di avere un vero legame.

Lo bacio. «A me sta bene se non puoi restare ogni volta con me per mesi e mesi, purché continuiamo a vederci. Se otterrò una parte ben pagata, potrò coprire i costi dei tuoi viaggi per venire a trovarmi ogni volta che puoi.»

Sean mi prende entrambe le mani. «Potrebbe funzionare. Lo faremo funzionare. Solo, non andartene più in quel modo. Mi ricorda tua cugina e non lo sopporto. Parla con me, rompi con me se propri devi, ma non andartene e basta.»

«Oh, Sean, mi dispiace tanto. A me non è sembrato che me

ne stessi andando e basta e detesto il fatto che ti sia sembrato così. Avevo solo bisogno di fare un passo indietro e poi non riuscivo a capire come fare a tornare al punto in cui eravamo. Avrei dovuto parlare prima con te. Stavo veramente cercando di capire che cosa fare.» Scuoto la testa, con le labbra strette e gli occhi che pungono. «E puoi anche scordarti l'altra parte. Non ho nessuna intenzione di rompere con te, né ora né mai.»

Sean mi prende il volto tra le mani e mi bacia teneramente. Gli rendo il bacio con tutta la passione che ho in me.

Molto tempo dopo, lo lascio riemergere per respirare. «Se mai ce la farò alla grande, mi prenderò cura io di te.»

Sean fa un sorrisino sghembo. «Adesso, chi è sessista?»

Il mio cuore pieno è da scoppiare. Gli sorrido, lo afferro e lo abbraccio stretto. «Ci prenderemo cura l'uno dell'altra.»

«Mi sembra un piano perfetto.»

Lui mi bacia di nuovo, poi si tira indietro con gli occhi fissi nei miei. «Ti trasferirai da me? Ho il divano che ti piace tanto e anche un vero letto. E tutte le barrette proteiche che puoi desiderare.»

«Mi piacerebbe.»

«Stasera.»

Annuisco, con un sorriso così ampio che mi fanno male le guance.

Lui si alza e mi tira su con lui. «Nel frattempo, abbiamo parecchio da recuperare.»

«Oddio, sì.» Lo porto di sopra, nella mia stanza al quarto piano. Adesso è ammobiliata.

Appena la porta si chiude, ci appiccichiamo, famelici. La sua bocca è sulla mia, le mani che cercano di spogliarmi mentre io cerco di spogliare lui.

I nostri vestiti volano e atterriamo sul letto, ancora appiccicati. Sean mi fa rotolare sotto di lui, allargandomi le gambe e sistemandosi in mezzo.

«Sean!»

Lui si china verso il pavimento, cercando il portafogli, da cui toglie trionfante un preservativo, infilandoselo. Poi torna, mi inchioda le mani sul materasso e si spinge dentro, forte.

Gemo e alzo i fianchi per andargli incontro.

Il suo respiro è aspro nelle mie orecchie. «Mia dolce Josie.»

«Mio dolce Sean.»

Poi non ci sono più parole.

I suoi occhi mi ipnotizzano. L'amore scorre tra di noi, intenso, totale. Poi cado, travolta dal piacere, il mio grido che si unisce al suo gemito profondo.

Si lascia andare sopra di me, con il naso contro il mio collo. Gli avvolgo le braccia attorno e lo stringo forte. Ho finalmente trovato una casa.

EPILOGO

Tre mesi dopo

Sean

Sono con Josie ad Atlanta, dove lei sta girando il suo primissimo film. Sono così maledettamente fiero di lei. Ha un ruolo secondario in un film basato su una band popolare qualche decennio fa. Anche se non è la protagonista, ci sono un mucchio di opportunità per brillare. Deve cantare, recitare, ballare e ha anche un suo intreccio romantico secondario. Sì, si baciano. E me ne faccio una ragione. Non mi piace, ma me ne faccio una ragione.

La società di produzione paga un albergo a cinque stelle per il cast ed è da lì che lavoro in remoto per la settimana. Sinceramente, devo dire che è un gran bel lavoro per me. Gireranno per due mesi e io sono stato qui una settimana al mese e tutti i fine settimana. Hanno troppo bisogno di me al lavoro perché potessi restare per tutti i due mesi, ma questo è il punto in cui siamo adesso. Sto con Josie il più possibile e, una volta finite le riprese, lei tornerà a Brooklyn con me, fino alla nostra nuova avventura.

Ho conosciuto un sacco di gente, che a sua volta mi ha messo in contatto con altra gente, a Manhattan e a Brooklyn, a cui piace quello che stiamo facendo alla Rourke Management. A loro piace in modo particolare il nostro legame con la famiglia reale. Dato che i miei regali cugini avevano già una fondazione benefica, la Royal Rourke Foundation, abbiamo creato una filiale USA, la Royal Rourke Foundation US, il cui scopo è restituire qualcosa ai quartieri che sviluppiamo. Il vantaggio è che tutta la parte amministrativa necessaria per una società no-profit è gestita dalla loro gente esperta in materia. L'altra parte importante è che i miei cugini di Villroy possono facilmente contribuire alla nostra causa tramite la loro fondazione. E, ovviamente, io ho ottenuto di essere il capo qui negli Stati Uniti. Appena ne sarò in grado, ho intenzione di indirizzare alcune delle donazioni ai progetti locali di Villroy. È il meno che posso fare per ringraziarli della loro generosità nel fare squadra con noi. Inoltre, Villroy è anche il mio regno e voglio che continui a fiorire per le future generazioni.

Oggi è l'ultimo giorno di riprese e sono sul set accanto ai tecnici del suono a osservare. Poi ci sarà un party e domani voleremo insieme a casa. Li guardo mentre ripetono la scena cinque volte prima che il regista dia il fatidico stop. Si leva un "Urrah!" e io applaudo insieme alla troupe.

Josie abbraccia i suoi coprotagonisti e poi mi vede e corre da me, ancora nel suo abito d'argento luccicante, i capelli rossi in una massa di onde. L'afferro e la faccio roteare. «Congratulazioni!»

Lei sorride e mi bacia. «È una sensazione dolceamara andarsene. Questo gruppo è come una famiglia per me.»

«E allora io che cosa sono?» dico, fingendomi offeso.

I suoi occhi si addolciscono. «Tu sei casa.»

«Forse un giorno avremo la nostra famiglia.»

«Sean! Sei così dolce. Sì, mi piacerebbe.»

«Buono a sapersi. Rende tutto meno imbarazzante.» Mi metto su un ginocchio e le presento un anello di diamanti.

Josie emette uno squittio acuto che fa voltare le teste. Il cameraman punta la macchina da presa su di noi. Ci sta filmando. Perché no?

Le prendo la mano. «Josie, se il mio cuore, il mio amore e

la mia casa. Ti amerò e mi prenderò cura di te per il resto della mia vita. Vuoi sposarmi?»

I suoi occhi si riempiono di lacrime. «Sì!»

Afferra l'anello, se lo infila e si getta su di me, quasi facendomi cadere. Mi alzo con lei tra le braccia e la bacio con tutto l'amore che ho nel cuore.

Il cast e la troupe applaudono e lei interrompe il bacio, sgranando gli occhi. Si volta e alza le braccia a V, in segno di vittoria. La cosa buffa è che Josie non è mai stata una cheerleader. È solo il suo entusiasmo naturale. «Ci sposiamo!»

«Lo sappiamo!» rispondono in parecchi all'unisono, sorridendoci. Segue un coro di congratulazioni.

Al mio segnale, distribuiscono lo champagne. L'avevo ordinato per festeggiare la fine delle riprese e l'inizio della nostra vita insieme. Ero sicuro che avrebbe risposto di sì. È così affettuosa, così amorevole e così grata che sostenga in questo modo la sua carriera. Praticamente mi adora giorno e notte e io ne apprezzo ogni minuto. Non ho mai amato qualcuno più di così. Vorrei quasi ringraziare Winnie per avermi lasciato perché ha portato Josie nella mia vita. Inoltre, Winnie mi ha permesso di restare e finire di ristrutturare la casa di cui mi ero innamorato. Era stato un vero atto d'amore, a volte un grattacapo, ma alla fine un lavoro veramente soddisfacente. Winnie è felice per noi e ha già detto che è entusiasta che faccia parte della famiglia. Probabilmente l'ha aiutata il fatto di avere recentemente incontrato qualcuno, uno scultore, che dice essere una persona con i piedi per terra. Penso che sia magnifico. Winnie ha bisogno di qualcuno così. E io ho bisogno di Josie.

Josie mi sorride e fa tintinnare la sua flûte di plastica contro la mia. «A noi!»

«A noi!» Faccio per bere quando mi ferma.

«Aspetta, dobbiamo incrociare le braccia.» I suoi occhi brillano allegri. «Momento romantico.»

Lei avvolge il polso intorno al mio e incliniamo i bicchieri per bere. Josie annuncia sempre i nostri momenti romantici. A volte sembra che sia la regista della nostra commedia romantica nella vita reale. Meno male che a me piace.

«Ho trovato la casa perfetta per noi» dico a Josie dopo il brindisi. Tutti vagano intorno, festeggiando la fine delle riprese. «Ho fatto un'offerta questa mattina. Te la mostrerò quando torniamo.» Josie ha lasciato a me la ricerca di una casa, dato che conosco Brooklyn, il valore degli immobili e i segni di una buona costruzione.

Lei saltella felice, con gli occhi azzurri che scintillano. «È a Park Slope, dove ci siamo incontrati?»

«Sì. E, finanziariamente, è un po' cara, ma...»

Josie si alza sulla punta dei piedi e mi sussurra all'orecchio. «Contribuirò io.»

Scuoto la testa. «Me ne occuperò io. Ho fatto io l'offerta e...»

Lei mi mette le braccia intorno al collo e mi bacia, interrompendo la mia brillante offerta. La lascio fare, godendomi la sua passione disinibita. Questa donna è proprio pazza di me.

Poi interrompe il bacio e fa un passo indietro con l'espressione seria. «Okay, allora, di che cosa abbiamo parlato riguardo il nostro futuro?»

Lo so, ma è un po' difficile per me. Sono pazzo di lei. Voglio prendermene cura, se posso, e questo lo è.

Insisto. «Ascolta, ho fatto un'offerta astuta, che permetterà ai proprietari di togliersi il fastidio delle riparazioni di cui ha bisogno la casa, come ho fatto notare loro, e quindi il prezzo è appena poco più alto di quanto avessi preventivato. So di poter sistemare la casa in modo perfetto. È tutto a posto.»

Lei sorride dolcemente. «Sean?»

«Sì, Josie» dico, rassegnato.

«Ricordi che ci prendiamo cura l'uno dell'altra? Adesso per me non è un problema e voglio mettere radici a Brooklyn con te, anche se dovrò viaggiare. Quindi contribuirò anch'io, fine della storia. E tu sai che cosa puoi fare per prenderti cura di me?»

Non riesco a non sorridere. Sono talmente innamorato di questa donna e lei capisce che devo fare qualcosa per lei. Non posso permettere che sia solo lei a dare, come fa sempre. Non ho mai conosciuto una persona così generosa. Fa sempre,

sempre, quel passo in più. Mi piega ancora il tovagliolo in diagonale e versa l'acqua per me a ogni pasto. Non mi fido di lei con le bevande calde. Grazie al cielo non fa più la cameriera. Era un incubo dal punto di vista della responsabilità. Inoltre, c'è la sua generosità quando si tratta di affetto, complimenti, la sua disponibilità a fare tutto ciò che desidero, dentro e fuori la camera da letto. È un sogno diventato realtà. Veramente.

La tiro vicina. «Che cosa posso fare per prendermi cura di te, fidanzata, presto adorata moglie?»

Lei mi rivolge il suo sorriso solare e il mio cuore esplode di gioia. «Puoi costruirci una sala cinema in modo che possiamo accoccolarci sul divano e guardare insieme le nostre commedie romantiche preferite.»

Mi chino per parlarle all'orecchio. «Shh, non farlo sapere in giro.»

Lei ride e si tira indietro abbastanza per guardarmi, con gli occhi che scintillano divertiti. «A volte mi sembra di vivere la nostra commedia romantica privata.»

Lo sapevo! Sorrido. «Probabilmente cominceremo a cantare da un momento all'altro.»

Lei si tira indietro e ondeggia un po' i fianchi. «Oppure cominceremo a ballare.»

Le rivolgo un lento sorriso sexy. «O meglio ancora, lo schermo si dissolve in nero mentre andiamo verso la camera da letto.»

«È la versione che preferisco» dice, gettandomi le braccia intorno al collo e baciandomi appassionatamente.

La prendo in braccio e usciamo insieme dal set, camminando verso il tramonto, nel nostro speciale momento di dissolvenza in nero.

Non perdetevi il prossimo libro della serie *Rogue Rascal - Jack,* dove Jack va a Las Vegas e resta impegolato con la sorellina del suo miglior amico!

Rogue Rascal - Jack

Ciò che succede a Las Vegas mi segue a casa... ed è la sorellina del mio miglior amico.

Jack

Io sono il buontempone, quindi, quando il mio miglior amico mi incarica del suo addio al celibato, è ovvio che siamo tutti diretti a Las Vegas. Dopo la nostra notte folle mi sveglio in una stanza d'albergo che non conosco, con una fede al dito. Peggio ancora, c'è un velo da sposa sul comodino.

Poi mi rilasso. *Ah-ah, molto divertente, ragazzi.* Sono il re degli scherzi e i miei amici si stanno vendicando.

Ma poi appare la mia sposa e comincia il vero incubo. È Riley, la sorellina del mio miglior amico ed è cresciuta e, *gulp,* sposata. Con me. Il mio miglior amico mi aveva proibito perfino di *guardarla,* per via della mia reputazione di donnaiolo.

Deve finire e in fretta.

Solo che, non so come, mi trovo sempre più coinvolto nella sua vita, mentre cerco di limitare i danni, e succedono cose strane mentre cerchiamo di porre fine al nostro matrimonio...

Ci sto ripensando...

Iscrivetevi alla mia newsletter per non perdervi le nuove uscite: Kyliegilmore.com/ITnewsletter

ALTRI LIBRI DI KYLIE GILMORE

I Rourke - Versione italiana

Royal Catch - Gabriel (Libro No. 1)

Royal Hottie - Phillip (Libro No. 2)

Royal Darling - Emma (Libro No. 3)

Royal Charmer - Lucas (Libro No. 4)

Royal Player - Oscar (Libro No. 5)

Royal Shark - Adrian (Libro No. 6)

Rogue Prince - Dylan (Libro No. 7)

Rogue Gentleman - Sean (Libro No. 8)

Rogue Rascal - Jack (Libro No. 9)

Rogue Angel - Connor (Libro No. 10)

Rogue Devil - Brendan (Libro No. 11)

Rogue Beast - Garrett (Libro No. 12)

L'AUTRICE

Kylie Gilmore è l'autrice Bestseller di USA Today delle serie: I Rourke; The happy endings Book Club; The Clover Park e The Clover Park STUDS. Scrive romanzi rosa umoristici che vi faranno ridere, piangere e allungare le mani per prendere un bel bicchiere d'acqua.

Kylie vive a New York con la sua famiglia, due gatti e un cane picchiatello. Quando non sta scrivendo, tenendo a bada i figli o prendendo debitamente appunti alle conferenze per gli scrittori, potete trovarla a flettere i muscoli per arrivare fino all'armadietto in alto, dove c'è la sua scorta segreta di cioccolato.

Iscrivetevi alla newsletter di Kylie per avere notizie sulle nuove uscite e sulle vendite speciali: kyliegilmore.com/IT-newsletter. Controllate il sito web di Kylie per trovare altra roba divertente: kyliegilmore.com.